聖語の皇弟と魔剣の騎士姫
~蒼雪のクロニク
I
春楡遥
ILLUSTRATION
Hiten
JN229794

蒼生はポケットから〈アルビオン〉
を取り出して。
少女の左手――ではなく手前の空
間に、何やら呪文を書き出した。
すると、文字列は光を放ち〈言霊〉
を象った。
小さな、人魚の姿の妖精。それは身
を翻すと、カロリーナの左手に息を吹
きかける。

「これって……」
目の前で生じた出来事に、二の句が継げない少女。傷口と火傷が、ひとりでに修復を始めたのだ。
「〈治癒霊〉ですか……それも、こんなに少ない語数で召喚するなんて」

鷹飛亞里亞
Takatobi Aria
「――修羅場ですか？」
カロリーナ＝マルヴァレフト
Carolina-Malvalehto
「違いますッ！」
亞里亞は、カロリーナの姿を捉えると。
雪音と彼女、そして蒼生と、交互に見やる。
苛立った面持ちの黒髪少女。片や、泣き腫らした痕跡のある金髪少女。その狭間でいくらか肩身の狭そうな少年。これはつまり――

蒼生＝カレン＝
ブラッドフォード
Aoi-Karen-
Bradford
「違うわッ！」
氷乃華雪音
Hinohana
Yukine

二人は次々と言語を変え、文面に意
識を加速させる。
文字列が宙に枝を伸ばし、絡み合う。
『『──我は汝を召喚す。
我が求めに応じ可視の姿となり、
従順として我に語れ』』

混沌から秩序へ。
爪先から足、続いて胴に頭と。言葉は下から順に、質量を編み込んでいく。
生え出た骨を、筋繊維が囲い、皮膚が覆って、毛が茂る。
――あれは……犬？
凝縮する霊気の中に、雪音はその姿を見た。
隆々とした体躯。強靭さの滲み出た細い顎。
『『――玉座の詞徒に奉る。
修辞の中の修辞、侯爵の中の侯爵、
死の埋火より言の葉のしるべに依りて従い、
我が元に顕現せよ！』』

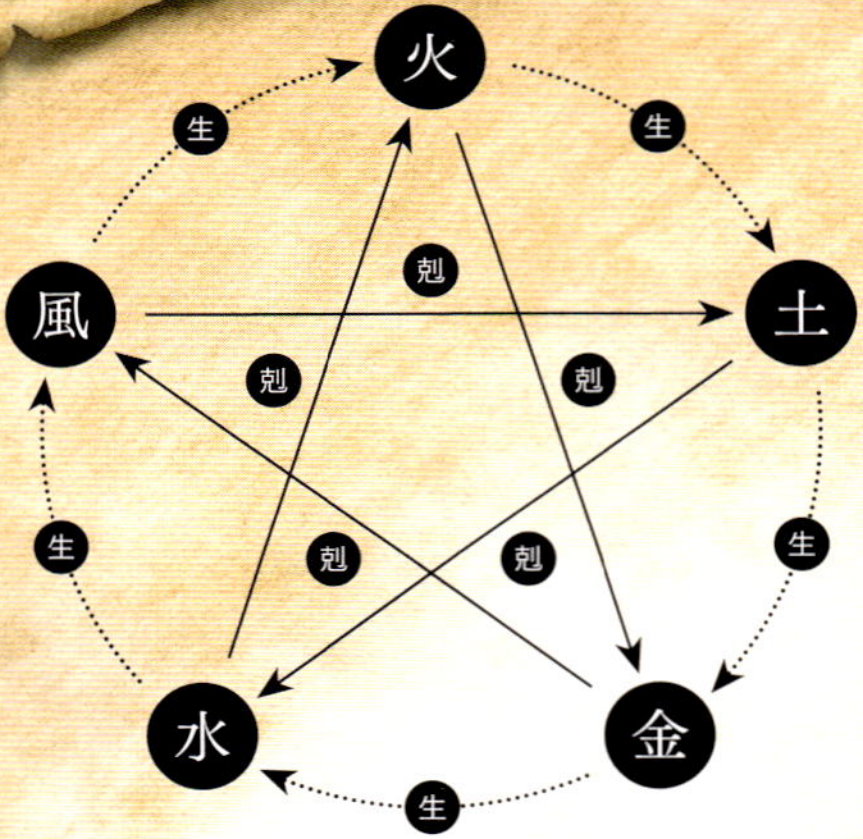

聖語芒星《エンペンタグラム》

火・土・金・水・風——の五つの言語属性、その優劣と相補を記した言語相関図

相生（そうせい）：他属性を強化する関係（上図の円環部分）
火生土：火はものを燃やして土にする。
土生金：土はその内より金属を産出する。
金生水：金属の表面は、凝結により水を生む。
水生風：水蒸気は雲となり、風を生む。
風生火：風は火を燃え上がらせる。
相剋（そうこく）：他属性を打ち滅ぼす関係。（上図の五芒星部分）
火剋金：火は金属を溶かす。
土剋水：土は水を濁し、せき止める。
金剋風：金属の刃は風の刃よりも強い
水剋火：水は火を消し止める。
風剋土：風は土を風化させる。
相乗（そうじょう）：同属性言語の重ね合わせによる、属性強化。

聖語の皇弟と魔剣の騎士姫
～蒼雪のクロニクル～　Ⅰ

春楡遥

MF文庫J

CHARACTERS

蒼生＝カレン＝ブラッドフォード

(age 17)

史上最強と謳われた聖語騎士・朱美＝シルヴィア＝ブラッドフォードを姉に持つ少年。

鷹飛亜里亜

(age 11)

蒼生や雪音の後輩で、学院に入学したての新入生。

氷乃華雪音

(age 17)

聖語騎士の名家・氷乃華家の次期当主であり、蒼生の幼馴染み。

カロリーナ＝マルヴァレフト

(age 17)

蒼生と雪音の同級生。春先に学院へと転校してきた、北欧育ちの少女。

朔夜

(age 不明)

雪音の使い魔であり、氷乃華邸に憑依契約されている〈言霊〉。

織絵＝ステファン＝アンクロス

(age 22)

雪音の担任であり、学院でフランス語の授業を担当する女性教師。

鷹飛亜理沙

(age 32)

亜里亜の実の母親であり、〈大書庫(アルシーヴ)〉の副館長を務める女性。

沙矢音＝オリヴィア＝エンゲルハルト

(age 27)

蒼生の担任であり、学院でドイツ語の授業を担当する女性教師。

CONTENTS

口絵・本文イラスト＝＝Hiten

それなら、我々は下って、彼らの言葉を乱してやろう。
彼らが互いに相手の言葉を理解できなくなるように。

『創世記』11-7

プロローグ　―バベルの夜伽《よとぎ》―

――二つ目のバベルの塔の話をしましょうか。
肥沃なバビロンの大地に築かれた、傲慢な聖塔《ジッグラト》。
その頂《いただき》が、創造主の逆鱗《げきりん》に触れてから、四千年あまり。
人類がまたしても、互いに繋《つな》がる術《すべ》を喪失した、
わたし達の世界の物語を。

夜、瞼《まぶた》を閉じると。
少年の脳裏には、決まって姉との思い出が甦《よみがえ》る。
幼い頃は、夜の足音に怯《おび》えていた。
陽《ひ》が落ちて、世界が黒に溶け出して。
柱時計の囁《ささや》きが、鼓膜近くを離れない時間帯。
二人で寝るには窮屈なベッドで、隣に柔らかい温度《ぬくもり》を感じながら。
姉の唇がなぞる物語を聞くのが。
少年にとって、ほぼ唯一の、心の安らぎだった。

――昔も昔、そのまた昔。

いいえ、そんなに昔でもありません。

何せ、わたし達のおじいちゃんやおばあちゃんの、そのまたおじいちゃんやおばあちゃんが生きていた頃のお話ですからね。

街外れにあるお墓、あの白くて小さな大理石で、たった四個分。

そう思うと、昔なんてのはどれも、昨日と同じく身近に聞こえませんか？

その頃、世界には百億人近くの人がいました。

万ではありませんよ、億です。ええ確かに、耳慣れない単位ですね。

あのマンボウの卵が、一匹あたり三億個だと言いますから、ざっと三十匹分の卵となるのでしょうか。ふふっ、やっぱり上手《うま》く想像できませんね。それに、三億個の卵なんて、一体誰が数え上げたのでしょう。日が暮れてしまいそうです。

ともかく、世界には日が暮れるほど、沢山の人がいたのだとか。

彼らには、ある一つの共通語がありました。

学校でも、聞いたことあるでしょう？

英語という名の言葉です。

おや、耳にするのは初めてですか？　まあ、無理もありませんね。

罪深いその言葉は、不名誉な仇名《あだな》を被《かぶ》せられ。

二百年の歳月に首を吊《つ》って、亡霊となってしまったのですから。

気が付いたみたいですね。

はい、その言葉こそ。

わたし達が――〈迂闊な福音〉と呼んでいるものですよ。


姉は、優しい語り口で続ける。

シーツに遊ぶ亜麻色の長髪が、ランプの揺らめきに光の渦を巻いた。


――〈迂闊《うかつ》な福音〉は、ブリテンという島で生まれました。

ブリテンがどこか分からない？

では明日、図書室に行って世界地図を眺めてご覧なさい。

紙の海原《うなばら》をずっと西になぞると。大陸から仲間外れにされた可哀想《かわいそう》な島が二つ、端っこで身を寄せ合っているのが見えるはず。あ、左側の小さな島ではないですよ。そちらはアイルランド。ブリテンは、その右隣にある少し大きな島です。

そこに、英国という名のお国がありました。

英国の言語だから、英語という訳ですね。単純です。

英語――――いえ、〈迂闊な福音〉は。
気の遠くなる時間をかけ、世界中で使われるようになりました。
覇権言語、なんて呼ばれたぐらいです。
使えると便利、使えないと不便。だから、世界中の人がこぞって勉強しました。
肌や目の色、貧富や貴賤《きせん》に限らず、同じ言葉で意思疎通が出来たのです。
はい、今となってはお伽噺《とぎばなし》ですね。
人類は、バベルの塔が崩壊してから四千年を経て。
ようやく、一つの言葉の下《もと》に纏《まと》まりつつありました。

姉の口角から、ふっと甘い溜息《ためいき》。
ランプで描かれた彼女の影が、淋《さび》しく揺れた。

――――でも、それは束《つか》の間《ま》のユートピアでした。
ある日、何の前触れもなく。
人々は〈迂闊な福音〉を話せなくなってしまいました。
いえ、この言い方だと乱暴ですね。
より正確には。

〈迂闊《うかつ》な福音〉を話していた人間が、一晩にして忽然《こつぜん》と。
物理的にこの世界から消え失せたのです。
福音と思われた言葉は、迂闊にも手を滑らせ。
人類をまたしても混乱へと突き落としました。
これが二百年前に起きた、〈第二のバベル〉と呼ばれる事件。
理由ですか？　これがよく分かっていないんです。
ただ一つ、言えるのは。
言葉は生き物である以上、人間を喰《く》らうこともある、ということでしょうかね。

どこか湿っぽい姉の声。
亜麻色の髪が一房、ベッドの端を流れ落ちた。

――人間の脳が灰色をしているのは知っていますか？
わたし達の思考、つまり文明というのは、灰色なんですよ。
かつてはこの東京も、そんな色に覆われていたのだとか。
けれど、〈第二のバベル〉で平和の文法は崩れ落ち。
続く三度目の世界大戦で、文明の針は産業革命の時代にまで逆戻り。

やがて人々は、言葉を武器に互いを殺し合い。
いくつもの国境線で、山や海を切り分けました。
ええ、言葉は凶器になるんですよ。
この世界で最も人の命を奪ってきたのは、ナイフや銃、爆弾や病気でもありません。
言葉、なのですから。
でも、言葉は悪くありません。悪いのは、その使い方。
道具が凶器に変貌するのは、それが本質的に凶器だからではなく。
凶器と見なす人間の狂気が、そうさせるのです。
そうでしょう?
いつだって、事故を起こすのは道具ではなく、道具の使い方を誤る人間なんですもの。
だからこそ、わたし達は、正しい言葉の使い方を学ばなくてはいけません。

悪いのは、いつだって人間。
その言葉が、姉の自己卑下《ひげ》なのか。
姉の口を借りた言葉の、自己弁護なのか。
少年には、よく分からなかった。

――あら、もうこんな時間。
そろそろ寝ないといけませんね。
つい長々と話し込んでしまいました。姉《ねえ》さんの悪い癖です。

姉はランプの火を吹き消した。
好奇心を擽《くすぐ》られ、眠気の飛んだ少年の瞳《ひとみ》には。
漂う煙が、やけに白く、焦げ付いた。
再び訪れた夜。窓枠に切り取られた、頼りない星空に。
姉の袖《そで》を握ると、額をそっと撫《な》でられた。

――では、今度は難しくて眠くなるお話をしましょう。
人はどこで他人の言葉を聞き分けているか、知っていますか?
いいえ、耳ではありませんよ。
答えは、今わたしが触れている場所の、ずっと奥。
ウェルニッケ野《や》と呼ばれる部分です。
今度、ブロードマン博士の脳地図を見せてあげますね。
ふふっ、きっと驚きますよ。

――何て言ったって。

世界に星の数ほど溢《あふ》れた言葉の、母なる源は。

わたし達の握りこぶしほどの大きさすら、持っていないんですから。

第一章 ─魔女の忘れ物─

1

──西暦2220年、帝都・東京。とある昼下がり。

まるで居眠りでも決め込んだように。

流れる気配のない夏の蒼穹《そうきゅう》が、窓越しに覗《のぞ》いていた。

雲一つない好天、とは言ったものの。動いているとも定かでない空が、果たして本当に〈好《い》い空〉かどうかについては、少しばかり疑問が残る。

ピシャン！

「……うっ！」

張りつめた空気が、教室を支配していた。

鳴《な》り止《や》まぬ甲高い音。その正体は、教師が振り下ろす鞭《むち》である。

餌食《えじき》となっているのは、制服姿の可憐《かれん》な少女。左手にチョークを握った彼女は、席を立たされて以降。かれこれ三回も、同じ文章を朗読した計算になる。

「カロリーナ＝マルヴァレフト、もう一度、もっと大きな声で！」

「は、はいっ……！」

語調厳しく命令するのは、ブロンド髪に眼鏡《めがね》の女性教師。その姿が軍服であることもまた、教室をより一層、異質な空間へと変化させていた。

次は我が身と、固唾《かたず》を飲んで教科書を睨《にら》む生徒達。

そんな周囲の様子を。

どこか色褪《いろあ》せた瞳《ひとみ》で窺《うかが》う、一人の少年がいた。

見たところ、生徒の男女比は2対8ほど。男子生徒の少なさが目立つ。

「アレス、フェアゲングリヒエ、イスト、ヌーア、アイン、グライヒニス……」

カロリーナと呼ばれた少女が、四度目の朗読に入った。

か細く健気《けなげ》な金髪の下、海凪《なぎ》色をした彼女の瞳は、潮水で潤み始めている。

その懸命な朗読に、少年は真後ろの席から耳を澄ませる。

――あっ、ウムラウトが跳ねた。

少年は、カロリーナが出だし早々、ドイツ語の発音を間違えたことに気が付いた。

ジュッ！

瞬間、彼女の手元で爆《は》ぜたものがあった。

それは、宙に浮かぶ歪《いびつ》な火焔《かえん》。纏《まと》まりかけていた炎が朗読のせいで、急激に萎《しぼ》んだ。

案の定。教師の手にした凶器が、カロリーナの左手を弾《はじ》いた。

「……うっ！」

少女の肩が、痛みを堪《こら》えて縮む。

「〈浮遊〉はもういい。次は〈収束〉をやってみろ、集中力を切らすな！」

「は……はいっ……」

カロリーナは拉《ひしや》げた声で答える。

思考を具象化するチョーク――〈アルビオン〉を両手に握り、祈るように言葉を紡ぐ。

「――ダス、ウンツーレングリヒェ……キャッ!?」

教師が危険を察して、カロリーナの体を突いたのと。少年が眉《まゆ》を顰《ひそ》めたのが、ほぼ同時だった。収束しかけた焔《ほのお》が、拙《つたな》い発音に反応して発散したのだ。

カロリーナは、間一髪で難を免れるも。焔の残滓《ざんし》は、せめてもの懲らしめに、彼女の左手をジリッと焼いた。

「全くもって話にならんな。お前は基本的なウムラウトすら、まともに読み上げることができんのか。もういい！」

「……もう一回！　もう一回お願いします、先生っ！」

少女は涙ながらに懇願する、が。

「要らん。四回もやり直してこのザマだ。カロリーナ＝マルヴァレフト、お前には罰則課題を与える。明後日《あさって》の放課後までに、ドイツ語で『ファウスト』の第二部を三回ずつ、清書して提出するように！」

「……明後日《あさって》なんて、そんなっ……三日後には実技審査もあるのに……」

「口答えとはいい度胸だな。ならばこうしよう、先の課題を五回ずつ清書し給《たま》え」

「……っ！」

一生徒がこなすには殆《ほとん》ど不可能な作業量を与えられ、少女は返す言葉を失う。

「ご、ごめんなさい……」

彼女はおずおずと席についた。

「いいか、お前達！」

静まりかえった教室を見回して。

ブロンド髪の女性教師――沙矢音《サヤネ》＝オリヴィア＝エンゲルハルトは声を張る。

「たかが一音のミスと高を括《くく》る馬鹿者が、現場でどうなるかは知っているな？　名詞の性に語尾の変化、強勢や間合いの取り方。基本的な文法を疎《おろそ》かにした奴《やつ》から順に、即刻あの世行きだ。自分の命が可愛《かわい》ければ、自分の身は自分で守れ！」

――言語を正確に扱えないことが、そのまま命取り。

前時代の人間が、或《あ》いは、外の市民が聞いたなら。

いくら何でも大袈裟《おおげさ》な、と一笑に付すことだろう。

しかしながら生徒は皆、それが単なる脅《おど》しではない事を、骨の髄まで理解していた。

「改めて説明するまでも無いが、ドイツ語は貴重な火属性の言語だ――」

サヤネは教壇に辿《たど》り着《つ》くと、黒板一杯に慣れた手つきで図を描いた。

火、土、金、水、風。

それら五つの属性が織りなす、言語相関図――〈聖語芒星《エンペンタグラム》〉。

他属性を強化する〈相生《そうせい》〉、
他属性を打ち滅ぼす〈相剋《そうこく》〉、
同属性を重ねる〈相乗〉と。

この学院に学ぶ者なら誰もが知る、基礎中の基礎教養である。

「お前達の日本語は、土属性。見ての通り、ドイツ語と日本語は〈相生〉の関係にある。〈火生土〉――火はものを燃やし、土を生じる。早い話が属性強化だ。日本語で使用する文法は、ドイツ語を重ねることで、出力が倍増する寸法となっている」

サヤネは黒板を叩《たた》き、

「次に重要なのが〈作用素《オペレータ》〉。浮遊や収束、振動や転写といった空間イメージを脳内に描き、これを文面へ作用させることで、初めて言葉を操れる――まあ、〈作用素〉をどの程度扱えるかは、個人の思考実現強度である〈呪力〉によりけりだがな」

彼女は一呼吸置くと、更なる犠牲者を募る。

「さて、次に詠唱したい者は手を挙げろ！　しつこいようだが、この程度で躓《つまず》くようでは卒業などおぼつかんぞ」

当然、手など挙がらない。挙がるはずもない。

「ったく、誰もおらんのか」

サヤネは苛立《いらだ》たしげに腕《うで》を組んだ。

――やれやれ。

例の少年は、周囲を一瞥《いちべつ》してそっと嘆息する。

それとない同級生の視線に、居心地《いごこち》の悪さを感じながらも。このまま沈黙が過ぎるよりはマシと思い、気怠《けだる》く右手を突き上げる。

「蒼生《あおい》＝カレン＝ブラッドフォードか……いいだろう。では、読み給《たま》え」

「はい、先生」

蒼生と呼ばれた少年は、教師が投げたチョークを掴《つか》み、静かに立ち上がった。

亜麻色交じりの黒髪の下で、息を吐くと。瞳《ひとみ》を閉じて、脳裏に記憶を蘇《よみがえ》らせる。

難しいことではなかった。

幼い頃に聞いた、姉がよく口遊《くちずさ》んでいた一節を。

ただ、そっくりそのまま、なぞればいいのだから。

「Alles Vergängliche Ist nur ein Gleichnis; Das Unzulängliche Hier wird's Ereignis; Das Unbeschreibliche Hier ist es getan; Das Ewig-Weibliche Zieht uns hinan――」

カロリーナが苦戦した文章を、少年は事もなげに諳《そら》んじた。

すると、〈アルビオン〉の先端が閃光《せんこう》を放ち、宙に溶け出す。

間もなく。

灼熱《しゃくねつ》を行儀良く閉じ込めた、歪《ゆが》みの無い火焔《かえん》球が躍り出た。

「うむ、〈浮遊〉も〈収束〉も見事だ。教科書にも劣らない、模範的な詠唱だな」

蒼生の出来栄えに賛辞を贈り、サヤネは続ける。

「この火種に風属性の言語を加えれば、〈風生火〉の相生《そうせい》に従って、風は火をより燃え上がらせる。さらに水属性を加えると、〈水生風〉の相生が上乗せされ、強大な〈火〉属性を出力する。これは〈連相生《ダブレット》〉と呼ばれる高等呪文であり、属性が異なる三言語を並行に操る技量と、それらを制御下に置く呪力、その両輪が揃《そろ》って為《な》せる業《わざ》だ」

彼女はそこで区切ると、但《ただ》し書きを添える。

「もっとも。この場で出来る人間がいたら、明日にでも卒業させてやるがな」

「あの……先生」

一人の生徒が、遠慮がちに挙手をした。

「何だ？」

「……その、〈連相生〉があるなら、〈五連相生《クインタプレット》〉も可能なのでしょうか？」

三つの属性を繋《つな》げるのなら。応用として、五属性全ての円環を廻《まわ》せるのでは。

生徒の疑問は、そんな短絡的な発想の産物で、他意は無かった。

サヤネの顔を、影がよぎる。

反射的に疼《うず》いた表情筋。しかし取繕うのは職務上、造作もなかった。

実際、彼女の動揺に感づいた生徒は、誰一人としていなかった。

そう、誰一人――例の男子生徒を除いては。

「ああ、可能だ」

教師は短く答えると、

「過去にたった一人だけ、〈五連相生《クインタプレット》〉を使役できた人物がいる」

「……それは、一体誰なんです？」と生徒が質問。

サヤネは、少年を盗み見た。

だが。当の蒼生《あおい》自身は、知らん顔で火焔《かえん》球と戯れている。

チッと舌打ちし、彼女は渋々語り始める。

「その人物は、十年ほど前にこの教室で学んでいた。ただ一点――何一つ平凡ではない――という点を除けば、至って平凡な、どこにでもいる生徒だった」

生徒が数人、唾《つば》を飲んだ。

「彼女は、学院始まって以来の才女だった。お前達と同じく十七を数える頃には、あらゆる言語を繰り、異国での戦火に身を投じた。卓越した言語能力、底を知らぬ呪力。文字通り、彼女は紛《まぎ》れもない英雄だった」

　教師は一段と低い声で、

「――五年前。〈深緋《ふかひ》の徒花《あだばな》〉と呼ばれる、あの事件が起きるまでは」

　生徒数人の視線が、そっぽを向く少年へと集まる。

「さ、無駄話はここまでだ。授業の続きをするぞ」

　鬼教師が背を向けたのを見計らって。

「ねえ、カレン」

　隣の席の女生徒が、蒼生に囁《ささや》きかけた。

「アンタの姉さん、〈五連相生〉が使えたっていうの、あれホント？」

　蒼生は黙ったまま、顔色一つ変えはしない。

　そんな態度が面白いのか、女生徒は横目に見つつ、挑発的な笑みを浮かべる。

「流石《さすが》は姉弟《きようだい》ってカンジよね。あ、ひょっとしてもしかすると、アンタも実は使えちゃったりして。悪目立ちするから、猫被《かぶ》っているんじゃない？」

　ピク、と蒼生の指先が動いた。

　無言で口の端を吊《つ》り上《あ》げる少年。

　その瞳《ひとみ》の奥で影が蠢《うごめ》いたことに、彼女は気付かない。

「でもそうよね。なるべく大人しく振る舞わないと、姉《ねえ》さんと同じく――」

　刹那《せつな》。

女生徒の髪を、一筋の風が巻き上げた。

「――え？」

間延びした声に、彼女は振り向く。

そこには、夏空に開かれた教室の窓。

外から吹き込んだのかと思いきや。彼女は本能的に、瞳《ひとみ》に映るものの違和感に、首を傾《かし》げずにはいられない。実際、窓際に垂れたカーテンは、ひだ一つ微動だにしていなかった。

「ο ποιών τους αγγέλους αυτού πνεύματα, τους λειτουργούς αυτού πυρός φλόγα《風をおのれの使者とし、火と炎をおのれのしもべとされる》――」

風属性を有する、ギリシア語の詩歌。

韻律が牧歌的なあまり。詠唱主が蒼生《あおい》だと、女生徒は咄嗟《とっさ》に理解できなかった。

「ちょ……一体何して……」

事態を飲み込むや、彼女の目が剥《む》かれてゆく。

風が吹き込んだのではなく。隣の席へ吸い寄せられている、と気付く頃にはもう。

蒼生のチョークは既に、五行ほどの呪文を宙に書き殴っていた。

水属性のサンスクリット語。それは焔《ほのお》に身を投げ蒸気となり、ギリシア語が生んだ風を幾重《いくえ》にも絡め、紅蓮《ぐれん》の球体を肥大化させてゆく。

そして――女生徒の前に、異形《いぎょう》が躍り出た。

羽ばたくのは、赫炎《せきえん》の翼。突き出たのは、鋭利な嘴《くちばし》。

「あっ……あ……」

熱風に嬲《なぶ》られた彼女の髪が、青ざめた頬《ほお》に張り付いた。

周囲の生徒達が悲鳴を上げようとした、次の瞬間。

「――なんて、な。ただの冗談さ」

異形を縁取っていく文字列を、少年はびいっと塗り潰す。

ブシュウッ！

火の鳥は机に爛《ただ》れ落ち、消《き》え失《う》せた。

「これが〈連相生《ダブレット》〉。座学で聞くよりも、間近で見た方がずっと分かりやすいだろ？」

椅子《いす》から転げ落ちた女生徒へ、蒼生は目配《めくば》せする。

「ったく。教師の許可なく学院内で、それも中級位以上の〈言霊《アニマ》〉を召喚するな、カレン＝ブラッドフォード！」

壇上からサヤネが牽制《けんせい》した。

「はい。すいませんでした、先生」

わざとらしく畏《かしこ》まり、少年はしれっと着席する。

「まったくだ、たわけ」

蒼生の召喚を止めにかかった鬼教師だが、眼差《まなざ》しには怒りの色が薄い。

それどころか、同情に似た気配すら微《かす》かに漂わせていた。

キーン、コーン。呑気《のんき》なチャイムが響き渡る。

「授業はここまで。三日後には実技審査が控えているからな。お前達の日頃の修錬が試される場だ。生温《なまぬる》い覚悟では通らんぞ、心して臨むように。以上」

淡々と告げ、サヤネは退出した。

「……っ！」

去り際、女生徒は蒼生《あおい》へ捨てゼリフを吐こうとしたが。

虚勢に震えた唇では、教室を足早に出るだけで精一杯だった。


きっかり午後一時。

同級生たちが、別棟の食堂へと消えたあとで。

蒼生はカロリーナの机に歩み寄り、ハンカチを差し出す。

「ほら。もう泣くなよ、リーナ」

「……あ、ありがとうございます、蒼生さん」

春先のクラス編成で知り合い、数ヶ月《すうかげつ》が経《た》つにもかかわらず。

転校生の蒼生に対する敬語は、ついぞ消える気配が無い。

彼女は躊躇《ためら》いがちにハンカチを受け取ると、目元を拭う。

「ごめんなさい……こ、こんなところ見せてしまって……」

「いいんだ。それよりリーナ、手を出してくれないか？」

「えっ」

呆気《あっけ》にとられる少女の左手を、蒼生は優しく掴《つか》んで引き寄せる。

「まったく、サヤネ先生も力の加減ってものを知らないよな。こんなに腫れ上がるくらい生徒を引っぱたいて。さっきの火傷《やけど》も思ったより大きいな、こりゃ」

「いいんです……悪いのは、勉強不足のわたしですから……」

己を責める少女の額を、少年はつんと小突く。

「それとこれとは別だろ。待ってろ、今治すから」

白磁の肌も手伝い、鬱血した少女の左手が痛々しい。

悲運なことに、カロリーナの利き腕《うで》は左だった。よもや鬼教師が狙ったのではないにせよ、こんな有様で膨大な筆写課題を命じるのは、あまりに酷というものだ。

蒼生はポケットから〈アルビオン〉を取り出して。

少女の左手――ではなく手前の空間に、何やら呪文を書き出した。

すると、文字列は光を放ち〈言霊《アニマ》〉を象《かたど》った。

小さな、人魚の姿の妖精。それは身を翻《ひるがえ》すと、カロリーナの左手に息を吹きかける。

「これって……」

目の前で生じた出来事に、二の句が継げない少女。

傷口と火傷《やけど》が、ひとりでに修復を始めたのだ。

「〈治癒霊《ウンディーネ》〉ですか……それも、こんなに少ない語数で召喚するなんて」

しかしカロリーナが驚いたのは、目下の奇蹟《きせき》ではなく、召喚過程の方であった。

「わたし、治癒能力を持つ〈言霊《アニマ》〉の召喚は難しくて、扱える人材は希少だと教わったのですが。それに〈治癒霊〉の核になる言語は……」

「ああ、ラテン語だ」

蒼生《あおい》は言う。

「驚くことでもないさ。確かに召喚には、繊細で正確な集中力が求められるけど。ちょいと工夫さえすれば、結構簡単にこなせるんだぜ」

役目を終えた妖精は、召喚主にべーっと舌を出す。

図に乗るなと指を立て、それが霧散すると、これ見よがしな警句が残された。

――Curatio vulneris gravior vulnere saepe fuit.《傷口の治療は、しばしば傷そのものより大きな痛みを伴う》

その文面は、少年の左手に吸い込まれていく。

「簡単にって、ラテン語は最高難度の高等言語ですよね……？　蒼生さんって、一体何カ国語使えるんですかっ!?」

「さあ、どうだろうな。詠唱なら西欧系の言語を中心に八カ国語くらいは。筆記だと更にアラビア語、サンスクリット語、ペルシア語、ヘブライ語……ああ、齧《かじ》っただけならヒエログリフやルーン文字、古ノルド語も……ってどうした？　顔色悪いぞ？」

「ふえぇ……凄《すご》すぎて、その凄さが分からないのが一周回って凄い、というか……」

目を回し、舌を巻くカロリーナ。

彼女は左手を陽光に透かすと、

「やっぱり、わたしって才能無いんですかね……習得難度が低めのドイツ語ですら、発音もままならないんですから……」

萎《しお》れた金髪の下で、少女は力無く微笑《ほほえ》む。

「わたし……弱い自分を変えたくて。誰かを助けられる強い人になりたくて、学院に来たんです。予習とか復習とか、出来ることは毎日欠かさずやってるんですけど……今は授業についていくのさえやっとで、蒼生さんにも迷惑ばかりかけ――――っ!?」

「リーナは弱くなんかないさ。だからもう泣くな」

目を潤ませた少女。その頭を、蒼生は考えるより先に撫《な》でていた。

慰めの言葉には慣れておらず、つい手先に力が籠もる。

カロリーナが、短く声を上げた。

「俺、お前が頑張っていること知ってるから。筆記呪文なら、いつも良い成績取ってるだろ？　大丈夫、全てを完璧にこなせる必要なんて無いんだ。詠唱が苦手でも、筆記に特化して活躍した〈聖語騎士《せいごきし》〉は沢山いるから」

「……こんなわたしでも、〈聖語騎士〉になれますか？」

間を置かず、「なれるさ」と蒼生《あおい》は答える。

「言語学習は地味だし退屈だけど、費やした時間は裏切らないから。焦って走らなくても、ゆっくり歩き続ければ、案外前に進めるもんだぜ」

心の底から、そう励ましつつも。

――まったく、人のことなんて言えた義理じゃないな。

蒼生は人知れず、歯を食いしばっていた。

少女の左手を治療した直後。彼の同じ場所には、激痛が走っていた。

原因は、ラテン語筆記呪文の強引な省略。

中級位以上の〈言霊《アニマ》〉の召喚には、かなりの単語数が要る。授業外で行えば、一定語数を超えた途端に感知結界が作動、めでたく校則違反となってしまう。

よって少年は感づかれぬよう、呪文の省略を試みたのだった。

だが、それには反動も大きい。

例に漏れず、〈治癒霊《ウンディーネ》〉の警句通りに倍増した痛みが、少年を襲っていた。

「さっきのって……サヤネ先生が説明してた〈連相生《ダブレット》〉ですよね？」

黒焦げになった机を見て、カロリーナは訊《たず》ねる。

少年は「まあな」と首肯《しゅこう》して、

「燻《くすぶ》る火種は、ああやって早めに燃やしておかないと、後で広がって厄介だからな。これで、しばらくは懲りてくれるだろ」

気丈な笑顔で振る舞う蒼生だが。

カロリーナの顔色が、存外に晴れないのを見ると、

「あ～えっと……さっきの彼女の言葉、聞こえてたのか？」

「はい……でも、蒼生さんは悪くないですよっ！　何もあんな意地悪な言い方しなくても……わたしは蒼生さんの味方ですから！　だから――」

「ありがとう。お前は優しいな、リーナ」

決まり悪さに寝癖のついた頭を掻《か》いて、

「ほら、お腹空《なかす》いただろ？　ご飯でも食べに行こうぜ」

蒼生は同級生の腕《うで》をとり、教室を一緒に出た。

「あの、蒼生さん。ハンカチありがとうございます。それから手のことも」

「あげるよ、そのハンカチ。別に手のことはいいって。どう、まだ痛むか？」

「いえ、お陰様ですっかり治りました。ありがとうございます」

「だから、礼なんか要らないって」

木組みの柔らかさと、石の重厚さとが調和した回廊。

鮮やかに延びる赤絨毯《じゆうたん》の上を、二人は進んでゆく。

「えっと、蒼生《あおい》さん」

「うん？」

「もし迷惑じゃなかったら……その……わたしの実技審査の練習を見てくれませんか？」

「ああ、いいぜ。リーナの為《ため》なら、いつだって力になるさ」

　蒼生は二つ返事で了承する。

「あ、それなら折角《せっかく》だし、今日の放課後に俺の家へ来ないか？　練習するんだったら、それなりの場所が必要だろ？」

「はいっ、是非《ぜひ》！」

　少年に隠れ、「よしっ」と小さく拳《こぶし》を握るカロリーナ。

　その嬉《うれ》しそうな足音を、背中に感じながら。

　蒼生は大理石の螺旋《らせん》階段を、彼女と共に降りていった。

2

　――シルヴィウス学院。

　二人が通うこの学校は、優秀な子弟にエリート教育を施す、日本屈指の高等教育機関とされている。

　そう、あくまでも表向きには。

だが実情は、〈聖語騎士《せいごきし》〉の育成及び輩出を至上命題とした第一級国家機関であり、軍事に外交、経済までの一切を司《つかさど》る、影の官庁でもある。

官僚の牙城《がじょう》と謳《うた》われた、かつての霞ヶ関《かすみがせき》。

その一等地に門を構えるのは、古城を彷彿《ほうふつ》させるバロック様式の校舎。

威圧的な赤煉瓦《あかれんが》は、各省庁機関を連結しながら堀に沿って皇居を一周しており、迷い込めば二度と出られないほど、広大な敷地となっている。


そこで、少年少女がしのぎを削って身に付けるモノ。

それは一にも二にも、言語である。

学院が欲するのは多言語話者《ポリグロット》――――複数の言語を扱える人材に他ならない。

この目的の為、学院は厳格なカリキュラムによって、言語の基礎を徹底的に叩《たた》き込む。

その熾烈《しれつ》・過酷さに音《ね》を上げて、脱落する者は後を絶たず。上級学年に進級する毎《ごと》に、生徒の数は三分の一ずつ減っていく。

だが、それは致し方のないことだ。

学院の存在理由は、生徒に高尚な教養を授けることでも、まして学歴や食《く》い扶持《ぶち》を保証することでもない。国家の為、自己犠牲を厭《いと》わぬ優秀な〈聖語騎士〉を輩出すること。そのただ一点に尽きるのだから。

何故《なぜ》、そこまで言語教育に躍起になるのか。

言語は思考を具現化するから――――である。

〈第二のバベル〉で〈迂闊《うかつ》な福音〉が崩れ落ち。
混沌《こんとん》に叩《たた》き落とされた人類は、恒常的な戦争状態に突入した。
度重なる戦火で、人口はかつての十分の一にまで減少することとなった。
そんな最中《さなか》に。
一人、また一人と能力を持つ者が現れ始めた。
言葉によって――――物質世界を変容させる能力を。
学院が送り出す〈聖語騎士《せいごきし》〉。
彼らの用いる言葉は、聖なる言葉《リンガ=サンクタ》――――〈聖語〉と呼ばれ。
国家の舵取《かじと》りに直結した影響力を持ち。
如何《いか》なる銃火器をも凌《しの》ぐ、貴重な戦力となっていた。

「ほえぇ……もう貼り出されていたんですか、先週の中間考査の結果」
「ああ、どうやらそうみたいだな」

二人は、学院の表玄関に出ていた。

ずらりと並ぶのは、生徒の成績が連なる掲示板である。

「お、あったぞリーナ。やっぱりドイツ語の筆記は上位だな。やったじゃないか」

「ちょっ、先に言わないで下さいよ！　わたし、まだ心の準備が……」

結果を知らされ、少女は膨れっ面になるも。

自分の名前を【ドイツ語筆記】部門の上部に見つけると、ホッとした表情を浮かべた。

「それにしても……どうしちゃったんですか、蒼生《あおい》さん」

見ると、少年の名前はカロリーナの遥《はる》か下段にある。

無情に引かれた赤線、平均点をすれすれ上回っているだけ。必修科目三つ以上で下回ると、進級時に警告。四つ目になれば、成績不良で退学処分となる分水嶺《ぶんすいれい》だ。

「ここでも、あっちでも……平均点きっかりなんて、らしくないですよ」

「らしくないって言われてもな……まあ、たまたまそうだったんだろ」

「蒼生さんなら、いつも通りやるだけで一番だと思うんですけど……」

腑《ふ》に落ちない少女は、他の掲示板を見て回る。

ある一角に足を止めると、「う～」と眉《まゆ》を寄せ、

「〈チョムスキー生成文法〉、〈ソシュール一般言語学〉、〈トルベツコイ音韻論〉……ふぁあ……もう理論系の講義は、字面《じづら》だけでわたしには蕁麻疹《じんましん》ものです」

実践科目だけで、大多数の生徒は手一杯である。

理論科目をこなすのは、一部の無謀を除いて、有望な生徒と相場は決まっている。

「やっぱり……ここでも平均点ですよ、蒼生《あおい》さん」

重なり合う偶然は、必然。

ここまで来ると、カロリーナの瞳《ひとみ》にも不可解の色が勝る。

「あの……狙ってる訳じゃないですよね？」

「いやいや、まさか……ワザと狙えるなんて、アイツぐらいじゃないか？」

少年が口にした人物の名は、掲示板の最上段に燦然《さんぜん》と輝いていた。

それも一つや二つではない。どの科目でも、余すところなく1を並べている。

――氷乃華雪音《ひのはなゆきね》。

同学年の首席の名を、カロリーナは恍惚《こうこつ》と見上げる。

「雪音さんは学業優秀で品行方正、それでいて綺麗《きれい》でお淑《しと》やかで、まさしく乙女の鑑《かがみ》ですよね。同じ女子のわたしから見ても、羨ましくて、ちょっぴり妬《ねた》ましい存在です」

「アイツは努力家だからな。元は左利きだけど、右手で文字を書けるようになるまで練習したり。覚えるためなら、辞書だって喰《く》っちまうし」

「えっ」少女は驚く。「辞書って、あの辞書をですか？」

「そ。覚えた先から破って、こうやって口に放り込んでいくんだ。ほら、学院の怪談にもなってるだろ？　辞書を食べながら彷徨《さまよ》う、女子生徒のお化けが出没――いてっ⁉」

「――悪かったわね。辞書喰いお化けで」

やにわに、女子生徒の声が被《かぶ》せられた。

コツン、と辞書の背表紙が蒼生の頭を叩《たた》く。

「あはは……本当に出没しましたね」と、苦笑いのカロリーナ。

立っていたのは、氷乃華雪音。

色白で端整な顔立ちに、凜々《りり》しい黒の双眸《そうぼう》。

瑠璃色のヘアバンドで留めた漆黒の髪が、育ちの良さを印象づける少女である。

「黙って聞いていれば。言いたい放題じゃないのよ、カレン」

雪音は、柳眉《りゅうび》を逆立て蒼生を詰《なじ》る。

「お前、いつから俺の後ろにいたんだよ……」

「さっきからずっと。まったく、あなたってば、いつも人のこと小馬鹿に――ん？」

一歩踏み出した雪音が、怪訝《けげん》な表情を見せた。

腰に手を当て、細い鼻を突き出すと、

「何か臭《にお》うわよ、すごく」

蒼生は視線を斜めに、とぼけてみせる。

「あ～それは多分、昨日風呂に入らなかったからじゃないか？」

「知ってる。あなた、風呂は一日置きだもん」

「どうして知ってんだよ」

「寝癖、昨日と同じままだから」

「ええと……そうだったっけか？」

「そんなことより、木の焦げた美味《おい》しそうな匂《にお》いがするんだけど？」

その言葉に、蒼生《あおい》は内心ギクリとする。

「カレン。あなた、授業中に燻製《くんせい》でも食べた？」

「んなことするか。つーか、毎度、何でもかんでも食い物に置き換えるな」

雪音《ゆきね》の頭に、犬の耳を幻視せずにはいられない蒼生。

燻製でこそないものの。それに準ずるとある木材を少々――否《いな》、かなり派手に燃やした心当たりがあるので、閉口してしまう。

「カロリーナさん、あなたも臭《にお》うわ」

「ひゃっ!?」

首席令嬢に嗅ぎ回されるカロリーナは、しかし。

嬉《うれ》しいのか恥ずかしいのか、頬《ほお》を赤らめるも嫌がる素振りは見せない。

「おい……さっきから何してんだ、雪音」

「別にいいでしょ。ちょっと確認したくて」

雪音《ゆきね》は姿勢を戻すと、

「臭《にお》いはあなたの前面と、カロリーナさんの背中に付いているから、位置的にも燃えたのは学校の机で間違いなさそう、って思っただけ。推理っていうか、それとない女子力？」

黒髪の少女は片目を瞑《つぶ》り、嘆息する。

「珍しく午前の授業に出ていると思えば。また一発かましたんでしょ、どうせ」

「別に……何にもしてねえよ」

頭を掻《か》き、蒼生《あおい》は顔を逸《そ》らす。

雪音はすかさず回り込み、その頬《ほお》にピッと指を突き立てる。

「はい、それ。隠し事する時のあなたの癖よ」

「あ～もう、分かったたって……」

詮索の眼差《まなざ》しを振り払い、蒼生は脱力する。

「ったく、どんだけ鼻が利くんだか……」

「気が利くと言いなさいよ」

「融通が利かないとも言うけどな」

「陰口利いてたのはそっちじゃない」

雪音はムッとした表情に、

「じゃあ、事情聴取はご飯を食べながらね。ほら、カロリーナさんも一緒に行きましょ。

お代は全部、カレンが持ってくれるみたい」

「え、あ……あの、それは蒼生さんに申し訳ないというか……」

「いいのよ！　細かいところは気にしなくたって。学院から多額の生活費を支給してもらってるクセに、カレンってば、勉強ばっかりでロクに食事も摂《と》らないんだから。使わない方が勿体《もったい》ないでしょう？　経費よ、経費」

「経費って、お前なあ……」

呆《あき》れながらも、少年の目元には明るさが戻っていた。

雪音に袖《そで》を引かれ歩み出すと、困惑したカロリーナと目が合い、可笑《おか》しくなった。

蒼生は玄関を抜け、真夏の日差しの下《もと》に躍り出た。

3

桜田濠《さくらだぼり》が汗ばんでいた。

皇居の森を対岸に、三人は石畳の脇を並んで歩く。

〈迂闊《うかつ》な福音〉が世界を見放して二百年――。

空を覆う摩天楼は崩れ去り、道を覆う混凝土《コンクリート》も後退《あとずさ》り。人々は、ガソリン臭《くさ》い金属塊から、汗臭い馬車に、交通手段を鞍替《くらが》えすることとなった。

桜田門《さくらだもん》が見守る国の心臓部は、今やすっかり様変わりしていた。

「にしても、ここ一週間はちょっと暑苦しいわね」

炎天を、恨めしく見上げる雪音《ゆきね》。

彼女の脚《あし》には、見るだけで体感温度の上がる黒タイツ。

「雪音さん、前から思ってたんですけど、そんな格好でいて平気なんですか？」

絶句するカロリーナに、雪音は答える。

「この位の暑さなら、平気よ。わたしって、生まれつきあまり肌が強くないのよね。そうでなくとも、日焼けと胸焼けは乙女の天敵だし」

「前者はともかくとして、後者は明らかにお前の食い過ぎだと思うんだが」

絞り取られる財布の中身を想像し、蒼生《あおい》は眩暈《めまい》を覚えた。

「うう……わたし、どうもこの暑さには慣れません。地獄ですよ、もう」

カロリーナの碧眼《へきがん》が、水気を取られて項垂《うなだ》れる。

北欧暮らしの長い彼女に、この国の蒸し暑さは耐えがたいようだ。

張り付いたブラウスの所々に、柔肌《やわはだ》が白く透けている。

「色々と際どいわね……」

その胸元に、雪音は口を尖《とが》らせる。

「……大体、何を食べたら、そんなに大きくなるのよ」

上背もありスタイルも申し分ない雪音だが、胸元に限ればカロリーナに軍配《ぐんばい》が上がる。

エクスワイア、つまり学院の最高学年を示す濃紺のネクタイ。

その下に広がる丘陵ばかりは、彼女の才気を以《もっ》ても叶《かな》わぬ代物《しろもの》であるらしい。

「ま、まあ……大和撫子《やまとなでしこ》は、慎《つつ》ましさを良しとするものだし？」

胸を張る雪音だが、表情は険しい。

「成績は全然ですけど、大きさなら雪音さんには勝ってますね、わたし」

「ふふっ、カロリーナさん。面白いこと言うじゃないの、ねえ？」

雪音は少女の頬《ほお》を、両手でむにっと引き伸ばす。負けじと踏ん張るも敵《かな》わず、されるがままのカロリーナ。その悲鳴が、夏の天蓋《てんがい》にはよく響いた。

「何やってんだか……」

視線の置き場に困り、蒼生は後ろを振り返る。

赤煉瓦《あかれんが》の目映《まばゆ》い、学院校舎。その奥に聳《そび》える構造物を、じっと見つめる。

「確かに、今日は一段とくっきり迫って見えるわね」

蒼生の心の呟《つぶや》きを、雪音が拾う。

「あ、〈空《うつ》ろな木〉ですね。わたしまだ、立ち寄ったこと無いんです。近いうちにとは思っているんですが……蒼生さんと雪音さんは、行ったことありますか？」

「だいぶ昔に、一度だけな」

「わたしも。でもねカロリーナさん、夢を壊すようで悪いんだけど。行ったところで、あそこには何も無いわよ？　中は伽藍洞《がらんどう》だし、バカでかい鉄骨がのびているだけ」

「そうですかね……」

碧眼《へきがん》の少女は落胆を隠せない。

〈空《うつ》ろな木〉――帝都でひときわ高く天を突いている灰色の塔は、蒼生達《あおい》を含めこの時代の住人にとって、建てられた経緯も目的も思い出せない前時代の遺物であった。朽ちかけの巨木を思わせる佇まいに、いつしかそんな呼称が授けられたのだった。

蒼生は、幼少期に雪音《ゆきね》と見物に行ったのを思い出す。

――神様が天から投げた匙《さじ》みたい。『もう、世界なんてどうでもいいや』って。

上部の剥落《はくらく》した巨木を見上げ、幼い雪音はそう漏らしていた。

「こうして見ると、日に日に伸びている気がしないか？」

蒼生は何気なく、呟《つぶや》いた。

「ほおら、ま〜た始まった。そんな訳ないでしょ」

それを雪音が窘《たしな》める。

「誰が何の為《ため》に伸ばすってのよ。あんな高い所に鉄骨なんて――そりゃ、呪文で浮遊させれば可能だけど。そんなの、学院外の人間に見られたら大騒ぎじゃない」

「でも、誰かが日々こっそり高くしていたら面白いですよね。帝都七不思議の一つ、〈伸びる空ろな木〉！」

「あはっ、カロリーナさん。それ単なる都市伝説よ？　まあ、定点観測でもすれば分かるかもだけど、写真機なんて高級品だし」

「え～絶対伸びてますって！　そうですよね、蒼生さん？」

「だったら面白いんだけどな」

――俺の気のせいだよな、きっと。

瞬《まばた》きにシャッターを切ること数度、少年は独り言に首を戻した。


更地となった〈国会議事堂跡〉を通り抜けると、赤坂《あかさか》地区だった。

日本と呼ぶには抵抗のある、欧風の邸宅が軒を連ねた一角。

そこに。

「うわ、何これ可愛《かわい》い～っ！　あっ、こっちもっ！」

歓声を上げる雪音の姿があった。

視線の先には、硝子《がらす》越しに陳列された焼きたてのパン。目移りしている彼女をよそに、蒼生とカロリーナは自分達の分を取り終え、屋外のテラス席にいた。

「ったく。パンなんてお腹《なか》の膨れないおやつ、とか宣《のたま》ったのはどこのお嬢様だよ……」

「あはは……雪音《ゆきね》さん、まだ迷ってますね。ちなみに、ここにはよく来るんですか？」

「週ごとに買い溜《だ》めしてるよ。家からも近いしな。パンだと齧《かじ》りながら本も読めて、こぼしても汚れないし、何なら栞《しおり》としても挟んでおける」

「蒼生《あおい》さんにもなると、パンは栞代わりなんですね……」

パンは栞、と小声で唱《とな》え。少女は手帳を取り出す。

蒼生の言動を勉強の参考にするのは、彼女のささやかな趣味となっていた。

「ところで、その……蒼生さんはどの〈聖語騎士《せいごきし》〉を選ぶんですか?」

カロリーナに問われ、少年は返答に詰まった。

どう答えるべきか迷い、学院の雄姿に目を細める。


〈聖語騎士〉――――それは。

世間には秘匿された、〈聖語〉を操る特務官僚の総称である。

国内では官僚として内政を牛耳《ぎゅうじ》り、〈聖語〉の解析、文献・暗号の解読を担い。国外では人間兵器として、諜報活動、要人の暗殺、敵国の殲滅《せんめつ》と、幅広く外交工作に従事する。

今や国力は、近代兵器の頭数にも、経済学的な指数にも数値化されず。

〈聖語〉を扱える人材の充実度と、不可分になっていた。

〈聖語騎士〉には、次の五つの称号が定められている。

〈聖語〉を発動する過程において、筆記を主とする〈聖筆騎士《スクリーバ》〉。

同様に、詠唱を主とする〈聖唱騎士《チャンター》〉。

言語を聞き取り、敵の通信傍受や即時通訳を担う〈聖聴騎士《インターセプタ》〉。

暗号解読業務を主とする〈聖読騎士《ディコーダ》〉。

そして、前時代の言語学者にあたる理論家の〈聖理騎士《リングイスト》〉。


学院の生徒は、貴重な青春を言語学習になげうち、このいずれかを目指す。

卒業すれば、騎士階級の胸章が入った軍服に袖《そで》を通し、国家の犬となれる次第だ。

「蒼生さんなら……〈聖征騎士《ナイト》〉にだってなれますよ！」

夢見る碧眼《へきがん》で、蒼生を見つめてくるカロリーナ。

彼女の言う通り、聖語騎士は能力に応じて多様な称号を持ち得る。

例えばラテン語の筆記と詠唱を修めた場合だと、ラテン語の〈聖筆騎士〉と〈聖唱騎士〉、の二資格を受ける。一方で、アラビア語とドイツ語の聞き取りに特化すれば、二カ国語の〈聖聴騎士〉といった具合だ。

色分けは、あくまで便宜的。

言語の難易度・習熟度にもよるので、一概に優劣の比較は出来ない。

然《しか》しながら、これらとは一線を画す存在が〈聖征騎士《ナイト》〉である。

五カ国語以上で、筆・唱・聴・読・理の五技能を征した者。

たったの数カ国語でも、理論と実践に習熟するのは並大抵でなく。

その称号を得る人材は、十年に一人出るかどうかといったところである。

「蒼生《あおい》さん？　蒼生さんっ！」

「あ、ああ……悪い。実はまだ、決めてないんだ」

「そうなんですか……でも、蒼生さんなら心配いりませんよね。わたしも、早く追いつけるように頑張ります！」

回答を濁して、微笑《ほほえ》んでみせた蒼生。

少女が意気込むのを見ると、その場しのぎではあるが一抹の安堵《あんど》を覚える。

「なら、わたしも頑張らないとね」

ドカッと山盛りのパン籠をテーブルに乗せ、雪音《ゆきね》は蒼生の横へ座る。

「お前……人の金なんだから、少しぐらい遠慮とかあるだろ」

「これでも自重《じちょう》した方だけど。はい一応、請求書？」

「げっ。本当なら今頃、ヘブライ語の辞書を新調していたんだけどな……」

額面を一瞥《いちべつ》し、天を仰ぐ蒼生。

雪音のパン籠に、カロリーナの目が吸い寄せられる。

「その量を一人で食べるんですか、雪音さん!?」

「午後の授業に備えて、よ。言語学習に空腹は大敵だものね」

「とか言って。授業で涎垂《よだれ》らして寝ているのはどこの誰……っ⁉」

雪音にさりげなく足を踏まれ、少年は口を噤《つぐ》む。

「あの、さっき蒼生さんが言ってましたけど。雪音さん、辞書食べたことあるんですか？」

「え、カロリーナさん、食べたこと無いの？」

シン……と空気が息の根を止めた。

「いやいや、違う違う！　一回くらいは経験として、ってことよ！　いくらわたしでも、ここ数年は食べてないからね⁉」

雪音が弁明を付け加えるも。

「ここ数年まで食べてたんですね……」と慄《おのの》く少女には、効果が無い。

「違うのよ、カロリーナさん！　元はと言えば、カレンが『そうすると覚えられる』って教えたのが悪いの！　そ、全部コイツのせいなんだから！」

「まさか本当に喰《く》っちまうとは思わなかったけどな」

そんな二人のやり取りに。カロリーナは、

「あまりにも頭のいい人達って、もう殆《ほとん》ど馬鹿なんですかね……」と独り言。

「と、ともかく！　辞書を食べるのはおすすめしないわ。もし食べたいなら、コツとしては一息に飲み込むことね。繊維質で口の中に張り付くから、咀嚼《そしゃく》すると負けよ」

「どんな情報なんだよ、それ」

「な、なるほど……これは貴重な話ですね」

辞書は飲み物、と呟《つぶや》き手帳に書き写す少女。

蒼生《あおい》と雪音《ゆきね》は見つめ合い、静かに噴き出す。

「で――」雪音は改まって問う。「授業で、一体何をやらかした訳？」

蒼生は目を瞑《つぶ》り、前髪を吹き上げる。

正面では、カロリーナが伏し目がちに委縮する。

「じゃあ、当ててあげる。弾みで中級位アニマを召喚、ってところなんでしょ？」

蒼生の眉《まゆ》が、微《かす》かに反応する。

「図星ね」雪音は足を組み替える。「感知結界が作動して、わたしが授業を受けてた階までザワついていたわ。多分、噂《うわさ》は隅々まで広がってると思う」

彼女は言う。

「やるなとは言わないけど。あんまり派手にやると不必要に目立つわよ、って話」

「分かってるよ……しつこいから、ちょっと驚かしてやっただけだ」

幼馴染《おさななじ》みの忠告に、反省の色を示す蒼生。

一方の雪音も、それ以上蒸し返すつもりはないらしく、

「ま。それはそれ！　ところでカレン、今日の放課後なんだけど――」

「見つけましたぁぁ～っ！」

彼女の台詞《せりふ》が、大音量の声に掻《か》き消された。

一人の少女が、飛び跳ねながら近寄って来る。

「蒼生先輩、蒼生先輩っ！　お食事中失礼しま～す！」

「ちょっ、本当に失礼ね、亞里亞《ありあ》！　真昼間から、はしたない声上げないの。他のお客さんに迷惑かかるじゃない！」

「うおっと、正妻登場！　何だあ、雪姉《ゆきねえ》もいたのですか……」

初々《ういうい》しい制服姿。橙色のネクタイは、新入生の証《あか》し。

天真爛漫《てんしんらんまん》な炎髪の少女――鷹飛亞里亞《たかとびありあ》は、羽ペンとノートを翳《かざ》し、

「突撃取材を敢行っ！　いやあ、入学諸々《もろもろ》で身辺慌ただしかった上に、先輩ってば学院内を探しても滅多《めった》に捕まりませんでしたので。例によっていくつか質問をさせていただきたく存じますが、お時間宜《よろ》しくて御座いましてですか――っと、あれれ？」

亞里亞は、カロリーナの姿を捉えると。

雪音と彼女、そして蒼生と、交互に見やる。

苛立《いらだ》った面持ちの黒髪少女。片や、泣き腫らした痕跡のある金髪少女。その狭間《はざま》でいくらか肩身の狭そうな少年。これはつまり――

「――修羅場ですか？」

「違うわッ！」「違いますッ！」

雪音《ゆきね》とカロリーナの怒声が重なった。

「えっ、蒼生《あおい》パイセン！　隣の大食いまな板撫子《なでしこ》はいいとして、こちらの清楚可憐《せいそかれん》なお人形さんは誰ですかっ⁉」

「ああ、彼女は同級生のカロリーナ。亜里亜《ありあ》が入学したのと同時期に転校してきたんだ。というか、頼むからもう少し声を落とそうな、亜里亜？　目立つからさ……」

「『机を火達磨《ひだるま》にした少年A、炎天直下で不誠実な関係、急転直下の火達磨に』……っと！　これはこれは、図らずも凄《すさ》まじい号外ネタを仕込んでしまいましたね～」

「亜里亜、あんたいい加減にしないと……」

激昂《げきこう》する雪音をよそに、少女はカロリーナに詰め寄る。

「初めましてです、蒼生先輩の不誠実なお人形さん！」

「そ、そんな破廉恥な関係じゃありませんよっ！」

朱の差した顔を両手で隠し、カロリーナはじたばた足踏みする。

「噂《うわさ》の美少女転校生さんですね。いや～やっと会えましたよ。ほほう……小柄ながらも良好に発達した体の緩急で、蒼生先輩の心に揺さぶりをかけて打ち取った次第ですか。ふむふむ、結構結構」

亜里亜は得心のいった様子で、

「ははぁ……これには雪姉《ゆきねえ》とて叶《かな》いませんねえ。全科目でA評価を並べる優等生は、抜かりなく自身の胸まで完璧なAで揃《そろ》えてますからね……せめて胸ぐらいは、BとかCに落とす遊び心がないと、学院は卒業できても処――――うごッ!?」

「いっけな～い、手が滑ったわ、うふふ」

調子が過ぎる下級生の脳天に、雪音の拳《こぶし》が炸裂《さくれつ》した。

「ぐおっ……亜里亜はただ、老婆心から進言したまでなのですが……」

「何で年下のあんたに老婆心を使われなくちゃならないのよ！」

「亜里亜の胸には、まだ見ぬ将来、という可能性が詰まっていますので……うがッ!?」

「自分の胸より、空気読めないその頭の中を詰めなさいっての！」

「ぐっ、何のこれしき。真実を報道する者は、いつの世も叩《たた》かれるものです……」

頭を押さえ悶《もだ》える少女だが、顰蹙《ひんしゆく》を買うのには慣れているようで。

気を取り直すと、取材の続きにかかる。

「ときにカロリーナちゃん、どちらの国からいらしたのですか？」

「えっと、フィンランドからです。父が母国の日本大使館で働いている関係で、こちらに」

照れくさそうに指をいじるカロリーナ。

「うふぉおっ、フィンランドですか！　北欧の地にはこんなお人形さんが他にもいるのですかっ!?　わわっ、肌も柔らかいです！」

亜里亜は感激の声を上げ、

「この機会に、是非《ぜひ》ともフィンランド語の挨拶《あいさつ》を教えて下さいです！」

「そうですね……Moi《モイ》というのが、『やあ』とか『元気？』って意味の、気張らない挨拶ですけど」

「モイ…可愛《かわい》らしい響きですね。モイモイ、カロリーナちゃん！　モイモイ！」

覚えたままに連呼し、上級生の頬《ほお》を引っ張る下級生。

カロリーナは「あはは……」と言いにくそうに、

「Moimoi《モイモイ》だと、『ばいばい』って意味になっちゃうんですけど……。この後も授業に出なきゃなので、流石《さすが》にこの場でばいばいする訳にはいかないと言うか……あと、わたしこれでも一応年上なので。『ちゃん』付けはちょっと、ぷんすこだったり……」

雪音《ゆきね》と蒼生《あおい》が揃《そろ》って噴き出した。

亜里亜《ありあ》はそこで、蒼生に駆け寄り耳打ちする。

「ところでさっき、〈連相生《ダブレット》〉で〈不死鳥《フェニックス》〉を召喚したんですってね！」

入学時より、学内新聞の編集を務めている新入生。

情報網に、先の炎上騒ぎが引っ掛からぬはずもなく。

「それだけの実力があるなら、すぐにでも卒業出来るのではないですか、先輩？」

「――――亜里亜《ありあ》っ」

雪音が、語調鋭く制止するも。

少年は「ふああ」と生欠伸《なまあくび》をして席を立つ。

「じゃ、俺ちょっと出掛けて来る。じゃあな亜里亜、取材ならまた今度ゆっくりとな」

「え〜っ、そんな殺生《せっしょう》な……」

蒼生《あおい》に頭を撫《な》でられ、少女は唇を歪《ゆが》める。

「ちょ、出掛けるって……あなただって午後に〈フランス語筆記〉を取ってるじゃない。また無断欠席するつもり？　呼び出されて罰則喰《く》らっても知らないわよ？」

「ああ。織絵《オリエ》先生には、適当に代返でもしといてくれ」

雪音《ゆきね》は亜里亜を一瞥《いちべつ》で叱咤《しった》して、学院と逆の方向に進む蒼生の背中に声を投げる。

「カレン！　今日の放課後、あなたの家に本を借りに行ってもいい？」

「へいへい……そんじゃ、リーナも放課後に校門の前でな」

手を振る蒼生の姿が、住宅街に吸い込まれて消えた。

「待って下さいよ、先輩！」

性懲りも無く追いかける下級生の声が止《や》むと、雪音とカロリーナが残された。


「まったくもう、カレンの奴《やつ》ってば……」

「蒼生さん、一体どこに出かけるんですかね？」

「その心当たりなら、無い訳でもないんだけど」

気を揉《も》むカロリーナに、雪音は話題を変える。

「それよりカロリーナさん、今日カレンの家に行く約束してたの？」

「あ、はい。わたしの実技試験の練習を手伝ってくれる、ということで」

「そゆことね。ドイツ語の筆記？　手伝ってあげると言いたいけど、それなら向こうが適役かな。わたしが得意なのは、どちらかと言えば東洋の言語だし」

「でも雪音さん、どの科目も敵なしの一番じゃないですか」

カロリーナが言うと、雪音はパンを頬《ほお》張りながら、

「ちゃんと本気を出せば、カレンが一番よ。面倒臭《くさ》がって手を抜いてるけど」

「……やっぱり。きっとそうなんじゃないかって、わたしも思いました」

「出し惜しみも、あそこまで惜しみなく出されると、いっそ清々《すがすが》しいってものね」

肩を竦《すく》めて、雪音は続ける。

「わたしは記憶力に頼って、機械的に文法や単語を覚えているだけだから、カレンには敵《かな》わないわ。彼はね、小難しい理論を通さなくても、感覚的に、それも自然体で言語を習得できるのよ」

「確かに蒼生さんって、勉強していると言うより、触れ合っているって感じがします」

「小さい頃から、ずっとそうなの。生粋《きっすい》の言語オタクってやつね」

雪音は言うと、周囲に聞こえぬ小声で、

「しかも、それだけじゃなくてね。カレンの〈臨界語数〉は、わたし達の倍以上はあるらしいの」

「倍以上、ですか……？」

「そ。一対一で呪文を使い合ったら、こっちの語数が先に弾切れ。ちょっと反則よね」

「あの、でもわたし、噂《うわさ》で聞いたんですけど……」

カロリーナは遠慮がちに、

「雪音《ゆきね》さんは雪音さんで、何やら特殊な呪文が使えるって」

「ああ、うん……一応ね。特殊っていうか、原理的には、学院で習うことの応用みたいなものよ。そんなにすごいものじゃないわ」

謙遜する雪音だが。カロリーナの興味は止まらない。

「雪音さん、それ、ちょっとだけ見せて頂けたりしませんか？」

「えっ、い、今⁉　ここじゃ人目多いし、外でやるのは校則違反でしょ？」

「そ……そうでした。ごめんなさい、つい気持ちがはやってしまって……」

軽率なお願いでした、としょげるカロリーナ。

その仕草を見ると、雪音の心には罪悪感が湧いてくる。

「わ、わかったわ！　お願いだから、そんなにガッカリしないで、カロリーナさん！　じゃあ、これにしよっか。まあ、校則って言っても、バレない程度に収めれば大丈夫よ！」

雪音は、水の入ったコップを引き寄せる。

「ちょっとだけ、ほんの一瞬よ。驚いても声は出さないでね」

小声で念を押すと。彼女は指先を対象に触れ、そっと詠唱する。

刹那《せつな》、ある変化が生じた。

コップの水が、透明感を失い始めたのだ。

そんな季節外れの氷結を眺めると。


不意に、カロリーナの頬《ほお》を伝うものがあった。


「えっ」驚いたのは雪音。「ご、御免《ごめん》なさい！　わたし、もしかして何か嫌な事思い出させちゃった？」

「あれ？　わたし、どうして……？」

カロリーナ自身、指摘されるまで気づかなかった。指先で眦《まなじり》を拭い、

「いえ……何だか懐かしいなと思って。これって、氷属性の呪文とかですか？」

「ううん、使ったのは水と火属性だけ」

雪音は頭《かぶり》を振って、

「学院で〈相剋《そうこく》〉って習うでしょ？　あの優劣関係を逆転させるの。〈水剋火〉――水

は火を消し止める。けれど、〈呪力〉で火力を負の方向に作用させれば。〈相剋《そうこく》〉の矢印が反転して、水が凍る。氷乃華《ひのはな》家はこの〈負相剋〉を得意とする家柄なの」

「そんな使い方もあるんですね……蒼生《あおい》さんも雪音《ゆきね》さんも、才能に溢《あふ》れていて羨ましいです。わたしには、何も無いですから……ひゃっ!?」

カロリーナが身を縮ませた。

彼女の頬《ほお》に、雪音が凍ったコップを押し当てたからだ。

「ほらっ、そうやって自分のこと卑下《ひげ》しちゃダメでしょ？」

雪音はそう言って、「ピュグマリオンの話、知ってる？」

「ギリシア神話……でしたっけ？　確か、ピュグマリオンが女性の彫刻に恋をして。見かねた神様がそれに命を吹き込んで、夢を叶《かな》えてあげる話じゃ……」

「あれって、単なる作り話じゃないと思うの」

雪音は続ける。

「つまり、強い願いや思いは物理的に影響するってこと。わたし達の〈聖語〉もそうでしょ？　言葉には人形にだって生き血を通わせる力がある。なら、これを自分に使わない手は無いんじゃない？」

その言葉に、カロリーナははっと気づかされる。

「雪音さんの言う通りですね。なら、わたしが自分を強く信じれば……」

「そう。自分を信じるかどうかは、あなたにしか決められない問題よ。わたしもカレンも、あなたのことを信じてるし、特別だと思ってるわ」

「あ……ありがとうございます」

カロリーナの表情が明るくなる。

それを見て、雪音は満足そうに頷《うなず》く。

「じゃあ、授業に遅れちゃうし、そろそろ出よっか？」

雪音は氷を戻し、カロリーナと店を後にした。

4

同時刻。

蒼生の姿は、絢爛《けんらん》華麗な宮殿の前にあった。

――旧赤坂《あかさか》離宮・迎賓館《げいひんかん》。

蔦《つた》に埋もれた標識で、そう主張してやまない名建築は。

今や学院に統合され、〈大書庫《アルシーヴ》〉と名を変えていた。

「はい、ぶっぶー。授業をサボる生徒様の閲覧は、残念ながら許可できません」

入館するなり、酷《ひど》く棒読みな声にとめられた。

「という訳で、職務上最低限の防犯義務は果たしたぞ。後はどうなろうと知らないよ」

「こんにちは、アリサさん」

蒼生《あおい》が礼をした先には、読書に耽《ふけ》る大人の女性。

だらしなく軍服を羽織り、机に両足を放り出した彼女は、

「『こんにちは』ってことは、外はもう昼なのかい？」

「そうですよ。例によって、また徹夜ですか？」

「夜を通り抜けた記憶が無いから、徹夜とは言わないね」

床にまで伸びたボサボサの炎髪を揺らし、女性は隈《くま》の出来た目を擦《こす》る。

鷹飛亜理沙《たかとびありさ》――かの好奇心旺盛な新入生の母親。

蒼生の見立てによれば、彼女はかれこれ三日ほど、ぶっ通しで本を読んでいる。

何故《なぜ》なら。昨日も一昨日も、全く同じ姿勢でここにいたからだ。

「次は織絵《オリエ》ちゃん先生の〈フランス語筆記〉の授業じゃないのかい？　あんな可愛《かわい》い女性教師の講義をすっぽかすとは、罪深い男だねぇ」

授業の無断欠席が日常化している少年。

だが、女性はチクリと揶揄《からか》うだけで、それ以上は言わなかった。

彼女は眠気覚ましに、コーヒーを啜《すす》る。

「アリサさん。自分が飲んでいるコーヒーに黴《かび》が生えてるの、気づいてますか？」

「おや、本当だね」

素で驚きながらも、抵抗なく口を付ける彼女。蒼生《あおい》は慌てて取り上げる。

「体に悪いですよ。これは片付けておきますね」

「黴《かび》が体に悪いんじゃない、体に合わない黴が悪いんだ」

「何言ってんですか」

女性は得意顔で椅子《いす》を揺らすと、

「あ、ところで蒼生君。ついさっき、新しい本が届いたよ」

「どんな内容の本でしたか？」

「〈迂闊《うかつ》な福音〉が読めるとでも思っているのかい？　アタシは書庫に迷い込んだだけの、しがない子羊だよ」

「だとしたら、随分と自由気ままな子羊ですね」

「ああ。この〈大書庫《アルシーヴ》〉副館長ってのは、実にいい仕事だ」

無類の本好きが祟《たた》ってか。

世代随一の頭脳を持ちながら、学院中枢という出世街道には、縁も興味も無い変人。

そんな彼女は、数少ない蒼生の理解者でもあった。

「はい、これ。アタシの教え子達が西欧遠征で拾って来たモノだ。明日には学院中枢へ手渡すことになっているから、早めにね」

女性は白手袋を蒼生に寄越《よこ》す。

第三者が閲覧した痕跡を残すな、という事らしい。

「表題にあるドイツ語人名だけは読めたよ。四百年以上前の、曰《いわ》く付きの本だね」

綴《つづ》られた表紙を見て、蒼生は納得する。

――『The Sorrows of Young Werther』若《わか》きウェルテルの悩《なや》み
「なるほど。世界で最も人を殺した本、という曰く付きですか」

「ウェルテル効果、って言うぐらいだからね」

「青年ウェルテルが、既に婚約しているシャルロッテに恋をし、絶望して死に至る。発刊当時、主人公に自分を重ねた若者が、次々と自殺したんでしたっけ？」

「実に滑稽な話だがね。しかし、これはある一つの教訓を我々に与えてくれる」

「つまり――言葉とはある種の遠隔作用である、と？」

「その通り」

蒼生に先を越され、亜理沙《ありさ》は口許《くちもと》を緩める。

「言葉ってのは、人畜無害な面《つら》をしながら、物理世界を平気で書き換える兵器だよ。実際、『死ね』と言われて『死んだ』人間は大勢いるし、親の暴言を浴びて育った子の脳は、萎縮だってするんだからね」

「そして。刃物や銃弾と違って、言葉は自らの手を血で汚さない」

「その本と同じように、ね」

副館長は視線で指し示すと、

「術者と対象の間に、何の痕跡も残さず影響する力――――そういうのを、普通は魔法って呼ばないかい？」

「アリサさんは、〈聖語〉が魔法だと思いますか？」

「残念ながら、これっぽっちも思わないね」

悠然と首を捻《ひね》り、彼女は続ける。

「属性が振り分けられた言語を筆記・詠唱して。〈作用素《オペレータ》〉を脳内で描き、〈呪力〉を文法に作用させると、どういう訳か世界が書き換わる。けど、これじゃただの経験則だろう？〈聖語〉は黒塗りの匣《はこ》――――言わば、中身の知れない函数《かんすう》なんだ。それを神秘化して魔法と崇《あが》めるなど、愚民化した阿呆《あほう》も大概だね」

「俺、雪音《ゆきね》と違って数字とか函数とか、そういうの苦手なんですが……」

「はは、そうだったね。まあ、ただの喩《たと》え話さ」

亞理沙《ありさ》は悪戯《いたずら》っぽく微笑《ほほえ》むと、

「〈臨界語数〉を超えて筆記・詠唱を行うと、或《あるい》は書き損じや読み違いをすると、アタシ達はなぜ〈喪語状態《アフエイジア》〉となり、言語産出が出来なくなるのか。それだけじゃないね。誰しもが言葉を使えるのに、〈臨界語数〉や〈呪力〉といった個人差が存在するのはなぜか？そして、何よりの疑問は――――」

「――〈第二のバベル〉以前の人間は、なぜ〈聖語〉が使えなかったのか」

「そう。なぜは尽きない。だからこそ、面白さも尽きないけれど」

蒼生《あおい》は閲覧席に腰かけ、本の中身を筆写し始めた。

こうして〈大書庫《アルシーヴ》〉に通い、学院では得られない情報を集めながら、蒼生は言語の腕《うで》を磨き続けていた。

「ところで、亜里亜《ありあ》は元気にしてるかい？」

蒼生の机に座り、亜理沙は愛娘《まなむすめ》のことを訊《たず》ねる。

「亜里亜ですか？　元気も何も、ここへ来るまでずっと質問攻めにされましたよ」

「ははは、済まないね。あんな風に育ててしまったのは、アタシの責任かもしれないな。放任主義で自立を促したつもりが、かえって裏目に出たらしい」

「充分に自立してると思いますけど」

「自立は出来ても、自律がね。親バカだが、いつか余計なことに首を突っ込んで引き抜けなくなるんじゃないか、と心配になる」

「それは、確かにあるかも知れませんね」

蒼生のペン先は、早くも一項目を筆写し終える。

「〈迂闊《うかつ》な福音〉は、もう支障なく扱えるのかい？」

そう訊ねる女性の炎髪は、床に引《ひ》き摺《ず》られて埃《ほこり》まみれだ。

〈大書庫《アルシーヴ》〉は箒要《ほうき》らず。

そんな噂《うわさ》を思い出し、蒼生《あおい》は可笑《おか》しくなる。

「一応、ある程度の読み書きは。これも、アリサさんが資料を提供してくれるお陰です」

「いや、流石《さすが》だね。君は本当に、君の姉《ねえ》さんそっくりだ」

瞳《ひとみ》を閉じ、亞理沙《ありさ》は回顧する。

「聖理騎士《リングイスト》の端くれとしては悔しいけれど。読めるのは、学院上層部の人間と、君と、君の姉さんぐらいだろう。誰も読み書き出来ないなら、いっそ防犯に組み込めばいい――君の姉さんの提言で学院は随分と強化されたが、外からは真っ黒になったのも事実だ」

「そろそろ、こうして呑気《のんき》に筆写できる状況ではなくなる、と言いたいんですか?」

「察しが早くて助かるよ」

亞理沙は感心する。

「学院は、〈迂闊《うかつ》な福音〉の媒体の回収に血眼《ちまなこ》になっている。その徹底ぶりは少し、いや、異常なまでに過剰だ。君に本を渡すのも、そろそろ厳しい。どうも、奴《やつ》らは何かを探しているようだよ」

「何か、とは?」

「さあね。ただ、それが〈迂闊な福音〉でしか得られない情報なのは確かだろう」

「姉さんの遺産を持っている俺を、学院上層部は欲していると?」

副館長は頷《うなず》く。口元の笑みは消えていた。

「君が〈迂闊な福音〉に習熟していることは、あまり外には出さない方がいい。学院上層部がどこまで把握しているかは知らないが。もし、君が姉さんから重要なモノを預かっていたら――それは仕舞《しま》っておくんだね」

蒼生の脳裏には一つ、それに該当する品が浮かんでいた。

「分かりました。でも、アリサさんも気をつけて下さい。徹夜続きみたいですし」

「だから、徹夜ではないと言ってるだろう。そういう君こそ、徹夜続きみたいだがね。体が資本とは思わないけれど、基本ではあるんだよ？」

「アリサさんがそれを言うんですか？　嫌いな言葉が『一日三食、定時出勤』の教師だったと、姉さんから聞きましたよ」

「アタシにも、彼女を生徒に持った教師時代があったねぇ、そう言えば」

女性は微笑すると、

「だいたい、朝に出勤して夜まで働くのは理《り》に適《かな》わないんだよ。そういう勤務体系は、近代社会が要求した後付けの規則だろう？　一日三食も然《しか》り。産業革命とは忌ま忌ましい。人間は元来、多相性睡眠の動物なんだからね」

そう言った彼女は、しかし。蒼生《あおい》が筆写に没頭しているのを見て、

「といっても、聞こえてはいないようだけど」と呆《あき》れ笑い。

蒼生の頭を優しく撫《な》でて。

在りし日の教え子に、彼女は一人問いかけた。

「――――こんなにも健気《けなげ》な弟を置き去りにして、君は何を考えているんだい？」


所変わって、学院校舎。

針は進み、授業もようやく五限目。

〈フランス語筆記〉の教室には、雪音《ゆきね》とカロリーナの姿があった。

「おや？　蒼生くんはまた無断欠席かしら」

名簿を読み上げた女性教師。

ところが開始早々、名前がAで始まる男子生徒が見当たらない。

空席を一つ確認すると、彼女は頬《ほお》に手をあてる。

「もぉ……蒼生くんったら、これで今学期早くも3回目の欠席ね。2回までは大目に見てあげたけど、3回となると、先生も仕返しの一つくらいしたくなっちゃうなぁ」

織絵《オリエ》＝ステファン＝アンクロス先生。

物腰柔らかで親しみやすく、殺伐とした学院では、オアシスも同然の人気教師。

胸元に栗色《シャタン》の髪を揺らした彼女は、チョークを唇に当て、「う～ん」と思案する。

「学院の規則は規則だし、彼には罰則課題でお仕置きしちゃおうかな？」

彼女は仕方なく微笑《ほほえ》む。

「とは言え困りましたねぇ。誰か蒼生くんに課題を届けてくれる人はいませんか？　あ、雪音ちゃんにお願いしようかな――と思ったけど、あらあら。どうやら彼女の意識も無断欠席みたい」

教室にクスクスと忍び笑いが起こる。

だが、雪音は机に突っ伏したまま動かない。

小麦粉の消化に胃袋が忙しいのか、寝息に開いた唇からは涎《よだれ》が垂れ始めている。

「じゃあ、カロリーナちゃんに頼もうかな？」

「は、はいっ！」

「後で教官室に寄ってもらってもいい？」

カロリーナはコクと頷《うなず》いた。

「では、先週の復習から始めましょうね」

織絵は流麗な筆記体で、黒板にフランス語を綴《つづ》り始める。

とそこで、一人の生徒が質問を投げかけた。

「織絵ちゃん先生」

「はい、何かな？　わたしは構わないけど、他の先生に聞かれたらアレなので、なるべく

ちゃんは付けず先生と呼ぶようにね。親しき仲にも何とやらでしょ？」

「――〈深緋《ふかひ》の徒花《あだばな》〉と呼ばれる事件について、教えて欲しいのですが」

女性教師が手を止めた。

瞬間、教室の空気に澱《よど》みが生じた。

それでも一部の生徒は気づかず、談笑を続けている。

よく見ると、彼らは下級生である。必須科目以外は、学年の上下に関係なく受講可能。

彼らが交じり込むのは、特筆すべき風景ではないのだが。

「えっと、その事件についてはどこで聞いたのかな？」

「サヤネ先生が言ってました。何でも、過去に〈五連相生《クインタプレット》〉が使えた物凄《ものすご》い聖語騎士《せいごきし》がいた――みたいな話で。でも、その先を質問できそうな雰囲気じゃなくて」

質問した下級生は何も知らないようだった。

「……どうしましょうかね」

織絵《オリエ》は空席を見やると、雪音《ゆきね》が寝ているのを確認する。

愛嬌のある口許《くちもと》を、沈黙が過ぎた。

「いいでしょう。ですがその前に約束して下さい。これから話すことは、それをわたしが話したということも含めて、授業後には一切口外しないと」

美声が鳴りを潜め、彼女の雰囲気が鋭さを帯びた。

「現役の聖語騎士《せいごきし》達は元より、わたし達教官の間でも。かの事件について口を開くことは暗黙の内に禁じられています。当時まだ入学していなかった下級生なら、知らないのも当然でしょう。ですが、一方で皆さんには知る権利があるとも思います」

殺伐とした前口上ののち、織絵《オリエ》は語り始めた。

カロリーナは、ふと。

寝たふりをしながら、ぐっと口を結んでいる雪音《ゆきね》を捉えた。

「皆さんが11歳の頃に受けた検査を覚えてますか？　あれは、適齢期を迎えた子供の言語運用能力、つまり潜在的な〈臨界語数〉や〈呪力〉を測るもの。表向きには政府の施す医療検査とされてますが、本質は学院の人材抽出目的です」

織絵は続ける。

「性差の議論ではありませんが。女性の方が、男性よりも比較的優れた言語運用能力を示すのは、統計的にも――――いえ、教室の面々を見ての通り。個人差があることも、まあ否定はしませんよね？」

風が吹き込み、カーテンが音も無く揺れる。

「ところが、神様の悪戯《いたずら》はあるもので。近頃でも滅多《めった》に出ない〈聖征騎士《ナイト》〉を、二人も輩出した豊作の年がありました。その内の一人――――後に〈聖語騎士の中の聖語騎士〉と謳《うた》われる女生徒は、全てにおいて桁違いでした」

「桁違いって、どれくらいですか？」

別の生徒が質問する。

織絵は白いチョークを振《ふ》り翳《かざ》し、

「皆さんが呪力増幅に用いる、このアルビオン。ですが、彼女の呪力はそれ無しで、アルビオンを用いた他の騎士、数十人分に匹敵しました」

彼女は続ける。

「――――第九師団・〈迦楼羅《カルラ》〉。彼女を隊長に組織された精鋭部隊です。彼らは、対外遠征において破竹の快進撃を見せました」

窓の外で、鴉《からす》の声。

「しかし5年前のとある夜、悲劇が起こりました」

生徒達の空気が波立つ。

「第九師団の長である彼女は、苦楽を共にした麾下《きか》と他数師団を――――皆殺しにしたので、す」

織絵は、淡々と話を継ぐ。

「英雄は学院史上最大の惨劇にその手を染め、裏切りの花を咲かせました。これが、わたし達が〈深緋《ふかひ》の徒花《あだばな》〉と呼ぶ事件です」

裏切り。その単語を聞いた雪音は、机の下で拳《こぶし》を握りしめた。

「彼女、とは誰なんです？　その後どうなったのですか？」

誰かが、恐る恐る問いかけた。

織絵《オリエ》は空席を見つめて、

「彼女は、軍紀に背いた戦犯として、〈緋濡れの魔女〉と呼ばれるようになりました。中にはこう呼ぶ人もいますね。緋濡れのブラッドフォード、、、、、、、、、、、、――と」

その響きが、遍《あまね》く生徒達の背筋を凍らせたことは言わずもがな。

カロリーナの瞳《ひとみ》にも驚愕《きょうがく》と、ついで少年への息苦しさが滲《にじ》む。

織絵は目を細め、呟《つぶや》く。

「名を――朱美《あけみ》＝シルヴィア＝ブラッドフォード」

そして、更に一言。

「――彼女は、現在も行方不明のままです」

第二章　―真夏の雪解け―

1

放課後。

傾いた陽《ひ》が、学院校舎の陰影をなぞっていた。

――Aut disce aut discede.《学べ、さもなくば去れ》

居丈高《いたけだか》なラテン語の校訓が綴《つづ》られた、門の下で。

蒼生《あおい》は、雪音《ゆきね》とカロリーナを待っていた。

「そろそろか」

何気なく視線を投げると、門に鎮座する生き物と目が合った。

学院の象徴であるフクロウを模した、ブロンズの彫刻。

その姿は、ギリシア神話における知恵と戦の女神――アテナの使いとされている。

「お待たせ」

頬《ほお》を指で突つかれ、少年は我に返った。

見ると、覗《のぞ》き込んでくる雪音がいた。

「お、早かったな……っておい。よだれの跡が真っ白く付いてるぞ、ここに」

「へっ？　嫌だ、嘘《うそ》……べっ、別に、机に突っ伏して寝てた訳じゃないんだから！」

「まだ何も言ってないし、言い訳が具体的だろ……あれ、リーナは一緒じゃないのか？」

「彼女は教官室に寄ってから来るわよ。織絵《オリエ》先生に呼ばれたの」

「へえ、珍しいな。リーナの奴《やつ》、何かやらかしたのか――ぬおッ⁉」

「やらかしたのは彼女じゃなくて、あ・な・た！　あの子は、授業をサボって夕方に再登校してくる誰かさんの罰則課題を、わざわざ貰《もら》いに行ってあげてるのよ！」

「わ、分かったから、ネクタイを引っ張るな……」

雪音《ゆきね》を引き剥《は》がすと、蒼生《あおい》は頭を抱える。

「ったく。にしても、罰則課題とは面倒な事になったたな……」

「自分のせいでしょ。織絵先生も、『今夜は寝かせないぞ』って張り切ってたわ」

「その言い方は、二十代の女性教師として色々どうかと思うけどな……」

校舎から生徒達がぞろぞろ溢《あふ》れ出す。雑多な負の感情に、彼らの足は蒼生を避《よ》けて校門を潜《くぐ》る。それを無感情に、無表情に受け流す術《すべ》を、少年は身につけて久しかった。

「魔女が魔女なら、弟も弟よね」

すれ違いざま、誰かが吐き捨てた。昼に蒼生を挑発した女生徒の姿が見えた。その取り巻きが、ヒソヒソ話をしつつ嫌味《いやみ》な視線を寄越《よこ》す。

「……っ！」

雪音が血相を変えて飛び出そうとするも。

「やめろ、雪音」蒼生は彼女の腕《うで》を掴《つか》む。「学院の外だ、アルビオンは仕舞《しま》え」

「で、でもっ！」

「放っとけ、あんなのに構うな」

幼馴染《おさななじ》みが首を振るので、雪音は不服ながらも引き下がる。

二人は黙ったまま、生徒達の列が消えるのを見送った。

「ねえ、蒼生」

しばらくして、雪音が口を開いた。

彼女がその名で呼ぶのは、こうして二人きりの場合だけである。

「実技審査、近いわね」

「ああ、そうだな」

「学院から、また飛び級卒業の打診が来てるわよ。はい、これ」

蒼生が受け取った紙には、即戦力云々《うんぬん》との美辞麗句が並んでいる。

悪目立ちを避けるため、平均点に抑えても。学院は再三にわたり、聖語騎士《せいごきし》になれと迫る。一歩踏み出す決心がつかぬまま、先延ばしにしてきた負い目が、蒼生にはあった。

「それで。今回は……どうするの？」

「俺は……」

口籠もる蒼生。それを雪音は咎《とが》めない。

互いに言葉を探り合う、ぎこちない沈黙があった。

「何てね。あ~もうっ！　シケた面《つら》なんか並べちゃってさ、わたし達！」

雪音《ゆきね》は大きく息を吸い、蒼生《あおい》から紙をもぎ取る。アルビオンで呪文を書きつけ放り投げると、紙は宙にピタリと静止、ひとりでに畳まれてゆく。

「おい待て、雪音――」

「こんなの、飛ばしちゃえばいいのよ！」

少女は、呪力で器用に折った紙飛行機を、風に委ねた。

寄り道も、振り返りもせず。力強い白の軌跡が、夕焼けの空に溶けていく。

二人は見つめ合い、こみ上げる可笑《おか》しさに笑い合った。

「カロリーナさんを待つついでに、いつもの勝負でもしない？」

好戦的な雪音に、蒼生の口元が綻ぶ。

「……いいぜ。ちなみに、今回は何を賭けるんだ？」

「そうね。負けた方が勝った方の言うことを聞く、ってのはどう？」

「了解。お題はどうされるんですか、雪音お嬢様？」

「じゃあ、アナグラムで決まりね」

「じゃあ、って……俺が文字の並べ替え苦手なのは知ってるだろ」

「だったら、そっちがお題を決めれば？」

「ん～それなら、回文《パリンドローム》とかどうだ？　反対から読んでも同じ綴《つづ》りになる文。言語の縛りは無しで。但《ただ》し、文として意味を成すものに限る」

「……いいんじゃない？」

　雪音の表情が溌剌《はつらつ》とする。

「まずはラテン語から潰して行くのはどうかしら？　Subi dura a rudibus.《横暴な者の成す苦難に耐えろ》　中々格言ぽいでしょ？」

「俺はこれだな。Sum summus mus.《我は至高のネズミなり》」

「ちょ、ちょっと待って。それって意味を成す文なの？」

「ネズミ・サイコー。通じるだろ。ほら次どうぞ」

「あ、あんま納得いかないけど、まぁいいわ。In girum imus nocte et consumimur igni.《夜、我らは円を描き、火に焼き尽くされる》」

「詩的過ぎて逆に意味分かんないと思うんだが。あ～ラテン語もそろそろ飽きたな。I topi non avevano nipoti.《そのネズミに孫はいない》　イタリア語だな、これは」

「どんだけネズミ好きなの。上海自来水来自海上。《上海の水道は海より来る》中国語ね」

「仕方ない、とっておきを出すか。……solutomaattimittaamotulos.」

「ん？　その音感、もしかして……」

「そう、フィンランド語の回文。リーナに以前教えて貰《もら》ったやつだ」

「やっぱりね。それで、意味の方は？」

「トマト計測研究所による成果」

「……はい？」

「トマト……二回も言わせるな。会心の計測結果が出たんだろうぜ、きっと。ほら次！」

「いや、だからトマト計測研究所って何よ？」

「そんなこと聞かれても知らねーよ」

「駄目駄目っ！　これは認めないわ！」

「どうしてダメなんだよ、ケチ」

「……あの、何やってるんですか二人とも？」

議論を戦わせる二人に、低姿勢な横槍《よこやり》が入る。

紙束を抱えたカロリーナが、首を傾《かし》げていた。

「お、待ってたぞリーナ。いや、トマトの是非《ぜひ》について熟議していてな……」

「そうそう……って違う！　カレンと各国語の回文《パリンドローム》を出し合って暇潰ししてたのよ」

「何ですか……その物騒な神々の遊戯は」

回文そのものへか、回文を回す行為に目を回しているのか。

少女は、忌憚《きたん》のない感想を口にする。

「もう、二人とも頭良すぎて本当は馬鹿なんですよね、そうなんですよねっ⁉　気づいちゃいました、カロリーナは気づきましたっ！」

駄々をこねるように腕《うで》を振り回すカロリーナ。

「そんじゃ、リーナにお叱りを受けたとこで。勝負は俺の勝ち、ってことでいいな？」

「ちょっ、どうしてそうなるのよ！　最後のやつは無し。だから勝負はお預け」

引き分けに持ち込み、雪音《ゆきね》はカロリーナに訊《たず》ねる。

「それ、カレンの罰則課題？」

「あ、はい……織絵《オリエ》ちゃん先生から蒼生《あおい》さんへ伝言です。『少し意地悪な問題にしちゃったなぁ。さしもの蒼生くんとて、知恵熱で体が火照《ほて》っちゃうかも。ベッドに持ち込んで一夜を共にしても構わないけど、頭は固くしないで柔らかくお願いね』って」

「言い方が本当にどうかと思うんだがな、あの先生は。もう確信犯だろ」

蒼生は紙束を受け取る。

冒頭を読んで、すぐに出典を理解する。

――『Gargantua et Pantagruel《ガルガンチュアとパンタグリュエル物語》』

ルネサンス期のフランスの作家・François Rabelais《フランソワ＝ラブレー》の傑作。

筆写せよ、という退屈極まりない課題のようだ。

「……ん、何だこれ？」

脅《おど》しの割には、夜を徹するほどじゃない。

そう結論付けた蒼生を、生乾きの赤インクが引き留める。

織絵《オリエ》らしく、クセの無い筆記体には、

Orie Stephen Uncross.

読むときは *h muet* を忘れずに。

「織絵先生の署名と……h muet《アッシュ・ミュエ》？」

雪音《ゆきね》の眉《まゆ》が寄る。

「フランス語では語頭に添えられたh《アッシュ》は発音しない、ってやつですか。織絵ちゃん先生、いつもリエゾンとかエリジオンとか、丁寧に注意しますもんね」

カロリーナは言うと、

「でもそんなの、蒼生《あおい》さんに改めて言う必要あるんですかね？」

「読むときに、って但《ただ》し書きが気になるな。アッシュは綴《つづ》りとしてあるだけで、元から声には出さないぞ。忘れずに読んでも読まなくても、同じ結果だろ？」

「確かにそうね。でも逆に、『アッシュを音として読め』とも取れるんじゃない？　隠れているhも声に出せ、みたいな」

「先生の名前だと、Orie にアッシュを付けて、Horie《ホリエ》になりますね！」

雪音の思いつきに、カロリーナが食いつく。

しかし、そう読んだところで意味は感じられない。

「なあ、リーナ。先生からこの課題の提出期限とか聞いてるか？」

「『提出しなくてもいいから、フランス語の練習と思って読み書きしてね』と。あと、『期限はないけど、早めにやってくれると嬉《うれ》しいな。女の子の我儘《わがまま》には付き合うものですよ』とも言ってました」

「はぁ……俺にどうして欲しいんだよ、あの先生は」

蒼生は辟易《へきえき》する。

――アッシュを忘れずに？　ガルガンチュア物語に関係しているのか？

知恵を絞るも、少年の思考に掠《かす》る音はない。

「ま、近いうちにやっておくか。ガルガンチュアなんて、飽きるほど読んだけどな」

蒼生は欠伸《あくび》をし、「じゃ、行こうぜ」と呼びかけた。


「わたし、蒼生さんのお家《うち》にお邪魔《じやま》するのは初めてです、今夜は初体験ですっ！」

「おいリーナ、最後のはその、大きく叫ぶと色々語弊《ごへい》があるぞ……？」

「えっ、何か間違っていましたか？　わたしの日本語もまだまだ未熟ですね」

「昼間に亜里亜《ありあ》が言った『お人形さん』の意味が汲《く》めるのに、そこは知らないのね……カロリーナさん、語彙力偏ってない？」

三人は西へと石畳の坂を上る。

両脇に並ぶレトロなガス灯が、麓《ふもと》から徐々に灯《とも》り始めていた。

「カレンの家は豪邸よ、豪邸」

カロリーナの期待を煽る雪音《ゆきね》に、蒼《あお》生《い》は言う。

「ちなみに豪邸って言うけど、氷乃華《ひのはな》家の御殿の方が何倍もデカいからな。リーナも一度見せて貰《もら》うといいぞ。銀座《ぎんざ》の一等地に人工池を掘った、水上の数寄屋《すきや》造りの御殿。それも容姿麗しき女性使用人付き」

「美人メイド付き屋敷ってことですかっ⁉　ほへぇ……何だか憧れます」

「屋敷に付いてる、っていうか憑《つ》いてるって感じだけど。それに、メイドっていうか正確には冥土の住人だし。まあ、本質的には広義のメイドなのよね、一応……？」

「え、何ですか雪音さん？」

「ううん、何でも！　あ、見えて来たわよ」

雪音は前方を指し示す。

「まあ……近所からは幽霊屋敷って呼ばれているんだけどな」

蒼生は自虐する。

赤坂《あかさか》地区と青山《あおやま》地区の狭間《はざま》、こぢんまりとした丘の上に。

煉瓦《れんが》造《づく》りの洋館――ブラッドフォード邸は立っていた。

「うわぁ……いい眺めですね」

丘の上に登るなり、カロリーナは息を飲む。

赤く染まる学院と、緑広がる皇居の森。遥《はる》か遠くには、紫に溺れた筑波山《つくばさん》の裾野。西を振り返れば、〈富士釜《ふじがま》〉が見えた。二百年前の大噴火で、その上部はぽっかり吹き飛び、沈む太陽を飲み込むように擂《す》り鉢《ばち》状の火口を開いている。

「これ、名前がお化け文字みたいでちょっと怖いです」

足元の石を見て、カロリーナは声を震わせる。

「お化け文字じゃなくて、アンビグラムよ」と雪音。

「アンビグラム？」

「無理やり日本語に直せば、異方向に判読可能な文字……ってところね。この円の外周をぐるりと回ってみて。どの方向から読んでも、同じ文字として読めるでしょ？」

「…わっ!?　ほっ、本当ですっ……！」

「目を回すなよ、リーナ」

優しく注意して、蒼生は郵便受けを確かめた。

投函口《とうかん》にしがみついていた鴉《からす》。

それを、「しっしっ！」と払い、中身を手に取る。

――ライゲツノセイカツヒ、ソノタ。ヒルノツカイスギ、チュウイ。

札束の入った封筒の裏には、機械的な筆跡で釘《くぎ》を刺す文言《もんごん》が記されていた。

「ったく、五月蠅《うるさ》いな」

姉の事件により、学院の観察対象となっている蒼生《あおい》。その行動は、一挙手一投足《いつきよしゆいつとうそく》が具《つぶさ》に監視されている。当然のことながら、昼の手痛い出費も筒抜けだった。

「ちょっと待っててくれ、今玄関を開けるから」

封筒をそれとなく隠しつつ。

扉の脇に控えた石像へ、蒼生は手を翳《かざ》す。

「――お帰りなさいませ、蒼生様」

雪音《ゆきね》でもカロリーナでもない、女性の声が発せられた。

見れば、驚くことに声の主はヒトではなく、ガーゴイルであるらしい。

「――おや、お連れ様が二人とは珍しいですね。それも、年端もいかぬ少女が二人とは」

花崗岩《かこうがん》の彫刻が、蒼生に耳打ちした。

「――修羅場でしたら静観に徹しますので、痴情の縺《もつ》れを解かれてはどうですか？　狂おしき愛憎の泥仕合《どろじあい》、大いに歓迎致しますとも」

「だから、そんなんじゃないって」

醜《みにく》い外見とは裏腹に、躾《しつけ》の過ぎた気遣いを見せる花崗岩。

傍目《はため》には単なる彫像だが。影がないのを見れば、学院生には〈言霊《アニマ》〉と分かる。

「――雪音様、三日ぶりですね。会う度、会う毎《ごと》に、益々《ますます》見目麗しゅう」

「ちょ……恥ずかしいからやめなさいよ、もう」

石像に褒められ、雪音の頬《ほお》が紅《あか》くなる。

「やっぱり、通い慣れしてるじゃないですか……」

ポツリと呟《つぶや》き、カロリーナは拗ねる。

それを見咎《みとが》め、ぐるりと首を回すガーゴイル。

「――蒼生様、こちらは何方《どなた》でしょうか？」

「彼女はカロリーナ、カロリーナ＝マルヴァレフト」

「――そうでしたか。これは御無礼を致しましたね。初めましてカロリーナ様、貴女《あなた》の話は蒼生様から、ある事ない事、存分に伺っております」

「……ない事を存分に喋《しゃべ》ったりしてねえよ」

「こちらこそ初めまして……お、お邪魔《じゃま》させて頂きますっ！」

「――誠実で気の利く、可愛《かわい》らしいお嬢さんですね。庇護《ひご》欲をそそる碧眼《へきがん》に、絹糸に劣らぬ柔らかい金髪。出るところも出ながら、細身で抱きやすい腰周り。まこと僭越《せんえつ》ながら、寝室映えするその容姿、蒼生様好みとお見受けします」

「……僭越万々歳だろ。余計な事は言わんでいい」

蒼生は使い魔を叱責する。

花崗岩だけに、聞き分けのない石頭が悩みの種だ。

「彼女だけ褒め言葉がいちいち具体的ね……。わたしには〈見目麗しゅう〉の一言で、そこはかとなく無難に収めたクセに……だいたい寝室映えって、どうなのよ……」

困った際、「可愛《かわい》い」さえ言えば女子は喜ぶ。

そんな処世術が、雪音《ゆきね》は大いに気に喰《く》わない。

「――では、どうぞお上がり下さい」

ガーゴイルは眼光を消し、ありきたりな石像へと戻った。

「……何か、色々と済まない。まあ、上がってゆっくりしようぜ」

羞恥に爆発したカロリーナと、不機嫌な雪音を前に。

蒼生《あおい》は先手として、使い魔の粗相を謝っておくことにした。

2

高さにして三階分、大小20を超える部屋数。

ブラッドフォード邸は、一人の少年が暮らすには広大な空間であった。

玄関から入るなり、すぐに蒼生は立ち止まる。

「んじゃ、リーナ。ちょっとだけ目を閉じてくれ」

「え、あ、はい……」

「ほら、お前もだ雪音。薄目を開けるな」

「あ、開けてないわよ」

二人が目を閉じたことを確認し、蒼生はぶつぶつと何やら呟《つぶや》く。

途端、三人の足元がぐらりと揺れる。

隠し吊《つ》り床《ゆか》――――蒼生が起動させたのはそれだった。三人を載せた床は、ふわりと持ちあがり、あっと言う間に三階分の高さを稼ぐ。抜け出た先に現れたのは。

「うわぁ……何ですかここ……」

あんぐりと口を開くカロリーナ。

見上げた先には、吹き抜けの天井と、一面の高層書架。

文字通り、３６０度。六角柱内部の壁面を取り囲んで、背表紙がずらり。

半球の天窓が、明るさの残る空を映していた。

「これ全部、蒼生さんの私物ですか？」

「そうよ。カレンの玩具箱《おもちゃばこ》兼、勉強部屋兼、頭の中身」

カロリーナの口が塞がらない。しかし、彼女が最も驚いたのは。

「あれ……？　わたし達、どうして地階にいるんですか？」

地階。即《すなわ》ち、地面の下ということだった。

そうでなくては勘定が合わないのだ。

丘の上に立つブラッドフォード邸は、正真正銘、三階建て。

ところが、書架の高さは控え目に見ても六階分に相当している。

「よく気付いたなリーナ。ここは地下三階。そして、あの天井付近が地上三階」

「ブラッドフォード邸は六階建てなのよ」

カロリーナの喉《のど》が下がる。すると思い出したように、

「でも、わたし達吊《つ》り床《ゆか》で上がりましたよね？　それがどうして下がっているんですか？」

「『上には上がある。けれど、上には頂点しかない』ってことだ」

「え、どういうことですか？」

「文字通りよ。一階の上には二階がある。二階の上もまた然《しか》り。けれど、この屋敷の最上階である三階には上が無い。だから、ここへと降りて来るってことらしいの」

「先人の叡智《えいち》、という頂点にな」

「正直、わたしも仕組みが分からないのよ。何度質問しても、カレンってば『さあな』ってとぼけるだけだし」

雪音《ゆきね》に対し、肩を竦《すく》めてみせる蒼生《あおい》。

タネを明かせば、吊り床は上がってなどいないのだ。

実際には下がっていたにもかかわらず、二人の少女が上昇したと錯覚するのは。

彼女達の身体感覚、その上下左右が反転していたから。

どの時点で、と問われれば。ガーゴイルと目を合わせた時には既に。

敵の侵入を阻《はば》む門番としては、あまりに貧弱な下級位の〈言霊《アニマ》〉。日本語でもイタリア

語でも、土属性言語一つで召喚できる石像だが。一睨《にら》みされれば、頭の中の感覚と実際の動きとが倒錯することになる。

使役主である蒼生は、その倒錯を意のままに操れる。相手の手なら手だけ、足なら足だけというように。ガーゴイルは、万一の外敵に備えた保険なのである。

バレないようにそっと。蒼生は二人の少女にかかった倒錯を解《ほど》いておいた。

「ちょっと暑いな、ここ。待っててくれ、上の窓を開けて来るから」

蒼生は壁面に設けられた螺旋《らせん》階段を、駆け上がっていく。

雪音とカロリーナは、制服の上着を脱いで、椅子《いす》にかけた。

「これ一面、全自動式書架《オート＝アルマリウム》なんですか？」

カロリーナが見上げる。

「そうよ。書架には呪文が綴《つづ》ってあるから、〈浮遊〉を作用させて抜き出せるの」

「それって、結構な重さを〈浮遊〉させられるだけの呪力が必要ですよね？」

「アルビオンを使えば、間に合うわ。あの螺旋階段を上れば、素手でも本は取れるけど」

「高所恐怖症なので、あれはちょっと……」

「わたしも。小さい頃はまだしも、今は体重のせいか踏む度に足場が軋《きし》むし、もう最悪。あ、でもカロリーナさんなら、わたしより軽そうだから大丈夫かも！」

「いえ、そんな。こう見えて結構わたし、体重重くて悩んでるんですよ……ってあれ、どうして壁に頭を打ち付けているんですか、雪音《ゆきね》さん？」

「そ、そうよね……胸って重いんだっけ……」

モゴモゴ呟《つぶや》く雪音に、カロリーナは問う。

「あの……雪音さんは、小さい頃からずっと蒼生《あおい》さんが好き……なんですよね？」

「へっ⁉　さ、し、す、せ、そ、そんな……た、ただの幼馴染《おさななじ》みよ！　腐れ縁ってやつ！」

「あはは……さ行、一巡しましたね」

露骨に慌てる雪音に、カロリーナは笑う。

「とっ、とにかく！　何て言うかまあ、放っておけないでしょ、あんな性格だし」

「あ、それはちょっと分かります」

赤面した雪音は咳払《せきばら》いすると、

「ところで、最初どうやってカレンと知り合ったの？　まだ聞いてなかったかも」

「えっと、転校したてのわたしに、蒼生さんが色々と面倒を見てくれたので。たまたま席が隣だったからかもですけど……話すようになったのは、それがきっかけです」

人差し指を付き合わせ、カロリーナは回想する。


――転校時の記憶。

カロリーナが学院の門を潜《くぐ》ったのは、数《すう》ヶ月《かげつ》前のことだった。

手招きするような枝垂《しだ》れ桜、怪物の口に見えた赤煉瓦《あかれんが》のアーチ。

そんな異国の春が、あまりに綺麗《きれい》で美しく。

それ以上に、ちょっぴり怖かったのを覚えている。

「カロリーナ＝マルヴァレフトです。どうぞよろしくお願いします」

日本語には、多少自信があった。

それでも。同級生の視線は、どこか冷ややかで素っ気なく感じられた。

気のせいだろう、そう思うことにした。

「という訳だ。彼女が早く学院生活に慣れる為《ため》にも、皆で協力して助けること」

担任であるサヤネ先生は、教室の空席を指さした。

あれ、とカロリーナは思った。

不思議なことに、隣もまた空席だった。

初日から、めまぐるしく授業は進み。期待も虚《むな》しく、下校時にはすっかり意気消沈してしまった。理由は、肌越しにヒリつく歪《いびつ》な空気感。

「あの……さっきの授業の板書、書き切れなかったので見せて貰《もら》えませんか？」

「ごめん。次は移動教室だから、他の人に頼んでくれない？」

「あの……〈ペルシア語筆記〉ってどこの教室か分かりますか？」

「さあ。ペルシア語の授業取ってないから、聞かれても知らないよ」

最初、自分の日本語が拙《つたな》いのかと少女は思った。
けれど、そうではないと気がついた。
――皆、自分のことばっかりで、わたしなんか見てくれていないんだ。
嫌われているとか、無視されているとか、そんな次元の話ではない。
課題をこなし、試験で点数を取ることに取り憑《つ》かれた生徒達。
他者理解の手段、として学ぶべき言語が。
ここでは、自己保身という目的にすり替えられてしまっている。
――言語って、国や文化の違う誰かと理解し合うための道具じゃないんですか？
言霊《アニマ》の召喚、属性の変化。
言葉を意のままに操ってみせる彼らは、一見華やかで。
けれど誰一人として、言葉を正しく扱えてはいなかった。
そして、極めつきは。
「へえ、カロリーナちゃんって、日本語上手《じょうず》なんだね？」という第一声。
日本で生まれ育っていないにしては。
そんな、字面《じづら》に現れない本心が透けるようで。
褒められているのに、貶《けな》されている気分に襲われた。
散々な初日。故郷の冬の寒さが、無性に恋しくなった。

けれど翌日、思いも寄らない出会いがあった。

朝、登校すると、例の空席に男の子が座っていた。

話しかける勇気を昨日に置き忘れた少女は、ただ何となく、頬杖《ほおづえ》をつく少年を気難しそうな人だと感じた。案の定、授業が始まると、彼は机をトントン叩《たた》き始めた。

が、予想外にも。

聞こえてきたのは、懐かしいメロディーだった。

「――Nuapurista kuulu se polokan tahti《隣からポルカの音が聞こえてくれば》 Jalakani pohjii kutkutti《私の足がタップしだす》 Ievan äiti《イエヴァの母親、》 se tyttöösä vahti《見張っているが》 Vaan kyllähän Ieva sen jutkutti《イエヴァは騙して抜け出せた》」

フィンランド民謡、『Ievan Polkka《イエヴァン・ポルカ》』。

少年の口ずさむ歌に、カロリーナの口が動き出し、自《おの》ずと歌詞を重ねた。

「Sillä ei meitä silloin kiellot haittaa Kun myö tanssimme laiasta laitaan《母親の言うことなんて誰が聞くもんか私達は踊るので忙しいのに》――」

イエヴァという少女を、ポルカに合わせて外へと連れ出す、青年の歌。

息苦しい学院で、一人楽しげにフィンランド語と戯れる少年。

その眩《まぶ》しい横顔に、青年の姿が重なるようで。

カロリーナの頬が、忘れかけた熱に火照《ほて》った。

「俺の発音、上手に出来てるか？」

少年は尋ねてくる。

「フィンランド語、是非《ぜひ》とも教えてほしいんだけど。それから、君のことも」

この人は皆と違う。カロリーナの胸が鼓動を増した。退屈な舞踏会をこっそり抜け出す、イエヴァの気分だった。彼ならきっと、わたしを連れ出してくれる。そう直感した。

「はいっ。こちらこそ喜んで……わたしで良かったら」

この国で初めて、少女の碧眼《へきがん》は心の底から微笑《ほほえ》んだ。

すると少年は、穏やかな笑顔に「君の眼《め》、すごく綺麗《きれい》な色だ」と呟《つぶや》いた。

翌日、もう一人友達が増えた。

「初めまして、カロリーナさん。えっと、Hyvää päivää《こんにちは。》, Minä olen Yukine.《わたしの名前は雪音です》これ、間違っていないかな？」

黒い瞳《ひとみ》が印象的な、冬の白さを名前に持った少女だった。

「そんな堅苦しい挨拶《あいさつ》しなくても、気軽にMoi《モイ》でいいんじゃないか？」

「いきなりそれだと、失礼じゃないのよカレン。礼儀ってものがあるでしょ。あ、そうそう、カロリーナさん！　フィンランドってサンタクロースがいるのよね？　会いたいなぁ」

「お前、まだサンタなんて信じてるのかよ……ん？　なんだこりゃ」

少年が少女の手から、ひょいと本を抜き取った。

「えっと、どれどれ……『声に出して覚えるフィンランド語会話集』か。いいもん見っけ」

「返しなさいよ、カレン！」

「って、あれ。何でこんなふやけてるんだ？　しかも、インクが滲《にじ》んで読めないし」

「べ、別に……昨日、たまたま手違いで手を滑らせて、そこに偶然にも忽然《こつぜん》とお風呂があっただけよ！　教科書や辞書のドボンは、学院あるあるでしょ？」

「聞いたことねえよ、そんなの。てか、呪力で浮かせるとか、濡《ぬ》れない工夫出来るだろ？」

「お風呂くらい、頭空っぽで浸《つ》かりたいじゃないのよ」

「頭空っぽにしたいなら、フィンランド語の挨拶とか詰め込むなって」

蒼生《あおい》と雪音《ゆきね》。互いに譲らず、言葉の応酬を繰り広げている二人に。

カロリーナは笑いが止まらなかった。

――この人たちは、自然体で、ただ純粋に言語学習を楽しんでいる。

蒼生さんに、雪音さんに、もっと近づきたい。少女はそう強く願った、が。

二人の表情に、彼女の知り得ない影が、時折覗《のぞ》くことがあった。

この手で触れて確かめたい。

けれど、触れれば壊してしまいそうな。

どこか脆《もろ》くて近寄れない二人の距離感を、距離を置いて眺めるしか。

カロリーナには選択肢が無かった。

「懐かしいわね。もう、そんなに経《た》つんだ」

図書室で、雪音《ゆきね》が微笑《ほほえ》む。

カロリーナは「そうなんですよ」とはにかんで、

「でも……始めのうち蒼生《あおい》さんは、それ以上に深い関係を持とうとしなかったんです。『俺と関わらない方がいい』とか言うんですよ。蒼生さん、学校でもあんな感じですし、わたしだけでも近くにいなきゃ、って。最近になってやっとですよ、こうやって登下校を一緒に出来るようになったのは」

「カレンって、変に意固地なところあるから、大変だったでしょ？」

雪音は少なからず驚いていた。

少女が、蒼生を想《おも》い頑張っていた、その姿勢に。

だが驚きも、視線が交わると途端に消え去った。

――こんなに透き通った青に覗《のぞ》かれちゃ、ね。

雪音は納得のいく心地《ここち》がした。

「にしても、広い図書室ですよねここ……ん？」

視界の隅が気になり、カロリーナは歩き出す。

書架の一角に、本の詰められていない場所があった。

並んでいたのは、数枚の湿板写真。

「カレンにそっくりでしょ、朱美《あけみ》さん」

「……はい。とても、キレイなお姉《ねえ》さんだったんですね」

カロリーナに悪意は無くとも、過去形が雪音の胸を締め付けた。

写真には、幼い蒼生。

そして蒼生に瓜二《うりふた》つな長髪の女性が微笑んでいた。

「朱美さんの顔が、時折カレンの顔に重なるの。自分の感情に嘘《うそ》をついて笑顔の下に隠すのが下手《へた》なとこ。姉弟《きょうだい》って、そんな所まで似ちゃうのかな」

カロリーナは、沈んだ気持ちで写真を眺めた。

どれも、その場から動かした痕跡が見当たらなかった。

時を止め、降り積もった埃《ほこり》ごと、思い出として寝かせているように。

「さっき、郵便受けに鴉《からす》が止まっていたでしょ？　カレンは黙っているけど、あれは学院が監視に使っているアニマなの。あの子は一人、記憶の中の朱美さんと闘い続けている……五年間もずっと、一人で」

「蒼生さん、わたしにはそんなの一言も……お姉さんのことだって」

「あなたを心配させたくないからよ。そういう見え透いたやせ我慢は、昔からなの」

「心配させたくないから……ですか」

誰かを心配させないよう振る舞うことが、その誰かを、誰よりも心配させるのに。

カロリーナはそんな思いに、ぎゅっと唇を噛《か》む。

――――蒼生《あおい》さんは、行方不明になったお姉《ねえ》さんのことを……

授業で聞いた話を、彼女は思い返した。

居場所の無い学院で、雁字搦《がんじがら》めになった蒼生。その境遇を思うと尚更《なおさら》、カロリーナは疑問を感じてしまう。類《たぐ》い希《まれ》な実力があって、姉を探したいと願うなら。

――――ならどうして、蒼生さんは学院に留《とど》まり続けているんですか?


蒼生は階段を降りると、カロリーナと机に向かった。

「よしっ。それじゃあ、まずはリーナの課題を片づけないとな」

「課題?」

きょとんとした少女に、蒼生は言う。

「ほら、ファウストを何度も手で筆写するのは大変だろ? 手伝うよ」

「いえっ、あの課題は、わたしが一人でやらなきゃですから!」

「任せてくれ。秘策があるんだ」

蒼生は紙を取り、羽ペンにインクを付け、ついでアルビオンで宙に文字列を綴《つづ》る。

それはひらひら漂うと、羽ペンの胴へ螺旋《らせん》状に巻き付いた。

「面倒な課題は、こんな風に書きとってもらうとしようぜ」

少年はペンを浮遊させた。

その先はせっせと動き、いとも容易《たやす》く冒頭部を筆写する。

「こんなことって……」

「〈自動筆記《オートマティスム》〉って言うんだ。言語の属性に限らず、綴った文字列に〈浮遊〉を作用させれば、ペンくらいは浮かせられるだろ？　思い通り動かすには、ちょっと練習が要るけど。慣れれば、頭にある文章を書けるから大助かりさ」

「頭の中にファウストを暗記する方が、時間かかりそうですけど……」

少年の博覧強記ぶりに、唖然《あぜん》とする少女だが。机の周りを見ると、改めて腑《ふ》に落ちる。

書き損じの紙束、ボロボロの辞書、インク壷《つぼ》の山。

少年の言語力は、退屈で単調な日常の、膨大な積み重ねに裏打ちされていた。

「わたし、〈浮遊〉にこんな使い方があるって知りませんでした」

「実戦色が強いからな。生徒に教えると、こうやってズルしたりするから、防止の意味合いもあるんだろう」

「……バレませんか？」

「大丈夫、筆跡もリーナに似せてある。こんな課題よりも、実技審査の練習を――」

「その実技審査のこと、なんですが」

蒼生の言葉尻を、カロリーナは逃がさない。

「昼に亜里亜《ありあ》ちゃんが言ってましたけど……蒼生さんは、どうして学院を卒業しないままなんですか？」

予期せぬ問いに、蒼生《あおい》の表情が硬直する。

机の対岸で本探しをしていた雪音《ゆきね》も、同様の反応を見せた。

「そんなに色んな言語が操れて、第一線の聖語騎士《せいごきし》にも負けない実力があるなら……蒼生さんには、蒼生さんの進むべき場所があるんじゃないかって、わたし思うんです」

「えっと、急にどうしたんだ……？」

曇りのない碧眼《へきがん》に射止められ、蒼生は逃げ場を失う。

動揺が伝い、自動筆記《オートマティスム》のペンが床に落ちた。

「あ、あのなリーナ？　昼の騒ぎのことを気にしてるなら、心配は要ら――」

「お姉《ねえ》さんを……探しているんじゃないんですか？」

カロリーナの口から思いがけず姉の名を聞いて、蒼生は息を詰まらせた。

「なら、やっぱり……蒼生さんは学院に留《とど》まるべきじゃないですよ」

「わたしも……そう思うわ」

耐えかねた雪音が、力んだ口調で割って入る。

「ねえ聞いてカレン。カロリーナさんの言う通り、わたし達……そろそろ前に進むべきよ」

雪音の瞳《ひとみ》が、静かに強張《こわば》っていた。

――前に進むべき。

幼馴染《おさななじ》みの仄《ほの》かな抗議が、少年の耳の奥に反響する。

「そりゃ……俺だって進みたいよ。早く進みたいさ。でもな、雪音……」

「でも？」

「その為《ため》にはもっと、ずっと大きな力が必要なんだ。俺は姉さんに全然近づけていない。やるべきことが、まだ沢山残ってる」

「だからって、それを続けていたら朱美《あけみ》さんに届くの？　もうあの時とは違う、無力だった五年前のわたし達じゃないわ。そうでしょ？」

「違うんだ、雪音。まだ足りないんだよ……」

俯《うつむ》いて、拳《こぶし》を握る蒼生。その語尾に、秘めていた感情が滲《にじ》み出す。

「姉さんが、あの姉さんが巻き込まれているんだぞ……！　この先、何が待ち構えているか分からないんだ！　これ以上誰かを失わなくて済むだけの、守れるだけの力が無いとダメなんだよっ……！」

カロリーナの言葉をキッカケに、溜《た》め込んだ思いを口にした雪音。

それが更なるキッカケとなって、蒼生の口を開かせる。

善意から小突いた何かが、手の届かない先でひび割れるのを。

カロリーナはその横で、呆然《ぼうぜん》と見送っていた。

「なあ、雪音。姉さんの話をするのは、今日はもう……やめようぜ？」

蒼生《あおい》は敢《あ》えて軽く呟《つぶや》いた。強がることで、渦巻いた感情を押し止《とど》めたかった。

――今日はきっと、自分も雪音《ゆきね》も、色々と溜《た》め込んで不安定になってしまっている。

そう思った少年は。

不本意な言葉で、不用意に互いを傷つけぬよう、慎重に言葉を選んだつもりだった。

だが、この夜に限っては。それがかえって、雪音の感情を決壊させた。

「それじゃ、わたしの兄さんが朱美さんに殺されたままじゃない……！」

雪音の、ひび割れた叫び。

カロリーナが、はっと口を覆う。

図書室に、静寂が重く圧《の》し掛《か》かった。

「……わたしは、朱美《あけみ》さんを尊敬しているし、信じている。それは今も変わらない。でも学院は……この世界はそうじゃない。だからせめて自分の目で。あの日、あの夜に、何が起きたのかを、わたしはハッキリさせたいのよ……！」

言い残し、雪音は立ち去る。

「今日はもう、帰るわね」

ガチャリ。閂《かんぬき》が開き、少女の背中が軋《きし》みと共に消える。

ばつの悪さに、蒼生は眠たげに息を吐く。

机の引き出しを開け、中にある〈姉の贈り物〉を見て心を落ち着かせる。

顔を上げると、哀切に眉《まゆ》を寄せたカロリーナと目が合った。

「ごめんな……リーナには雪音の兄さんのこと、黙っておいた方がいいと思ったんだ」

「わたしのことはいいんです……それより蒼生さん、これ」

差し出されたカロリーナの手には、雪音が置き忘れた制服の上着。

「ったく、あのバカ」

蒼生は、気まずさに重くなった腰を上げる。

制服を取り、雪音の後を追うべく駆けていく。

「俺だって、お前のそんな顔、見たくねえんだよ……！」

誰よりも、少年自身が理解していた。

いつか踏み出さねばならない。

そんな覚悟を、一日でも早く、決めるべきことも。

――分かってるさ、雪音。分かってるんだよ、そんなことぐらい。

3

「おや、お嬢様。お帰り早かったですね」

うら若き女性の声が、帰宅した雪音《ゆきね》を迎えた。

氷乃華《ひのはな》の表札がかかる表玄関。そこに白袴《しろばかま》の女性使用人がいた。

「てっきり、蒼生《あおい》様の家に泊まって朝帰りするものとばかり」

玄関先を掃いていた彼女は、口元を袖《そで》に隠して主をからかう。

ところが、雪音は無言で通り過ぎる。

「おやまあ」使用人は驚きを示す。「蒼生様と一悶着《ひともんちゃく》ありまして？」

腰へ流れた白鼠色《しろねずいろ》の長髪に、妖艶《ようえん》な琥珀《こはく》の瞳《ひとみ》。

彼女の相貌は、それとない人外の色香を匂《にお》わせる。

しかし最も奇異なのは。燦《きら》めく月光が、彼女の影を石畳に描き忘れていることだった。

「別に、何にもないわよ」

見え透いた嘘《うそ》をつく主に、使用人は嘆息する。

「はあ……お嬢様ったら。こんな夜道に、何を抱えて帰ってきたのですか」

雪音は上着を土間に放り、そのまま廊下を進む。

庭園に臨む九十九折《つづらおり》の縁側を抜け、襖《ふすま》を開け放つと。

畳の上の布団へ、倒れ込んだ。

「昔も、そうやって蒼生様と喧嘩《けんか》しては、冬冴《とうが》様の膝の上に転がりこんで慰めて貰《もら》っていましたね。十七を数えても、あえかな乙女心だけはお変わりないようで」

使用人は、雪音を愛《いと》おしげに眺める。

鹿威《ししおど》しが音を立て。驚いた蛙《かえる》が、池の水面《みなも》に月を揺らした。

「わたし、とうとう言っちゃったわ」

「愛の告白ですね、分かります」

「はっ？　ち、違うわよ！」

「いつか来ると覚悟してはいましたが……それがまさか今宵《こよい》とは」

「もうっ……だから、違うって言ってんでしょ……ばか」

ひとしきり茶化《ちゃか》された後。

雪音はふて腐れ、使用人の膝枕に顔を埋《うず》めていた。

「それで。蒼生様と何があったのです？」

使用人は訊《たず》ねながら、主の頭を撫《な》でる。

「『このままじゃ、兄さんが朱美《あけみ》さんに殺されたままだ』って言ったのよ。カロリーナさんの言葉に乗っかれば、ちゃんと本音を言い合えるんじゃないかって思って。そしたら止まらなくて、途中から責めるような言い方になっちゃってね……」

「だから気まずくなって抜け出してきた、と？」

使用人は、主の青い髪留めを外す。

黒に閉ざされた髪が解《ほど》け、少女の感情がほぐされた。

「わたしはただ、もう一度取り戻したかった。腫れ物に触れるような言葉選びをしなくても、肩肘張らずに喧嘩《けんか》して笑い合えた、あの時の二人に戻りたい。その一心だったのよ」

「そう切望するなら尚《なお》のこと、気まずさを感じる理由が見当たりませんが。言葉遣いが多少力んだところで、蒼生《あおい》様が貴女《あなた》を嫌うことなど有り得ないのでは？」

「そこに甘えるのが、彼の重荷になっていると思うの」

戦犯の姉を持った少年、その姉に兄を奪われた少女。

そんな狂信の刃《やいば》が、蒼生の孤独を追い詰めるなら。

矢面に立って彼を庇《かば》う資格があるのは、自分を置いて他にはいない。

そうすることが蒼生にとっての救いだ、と。

雪音《ゆきね》は信じて疑わなかった。

「わたしだからこそ、味方になれる、寄り添える。でも、そうやって手を差し伸べることが、逆に彼を追い詰めて、前に進む勇気もキッカケも奪ってるんじゃないかって……」

「お言葉ですが、お嬢様。謙虚でいることと卑屈になることを、取り違えてはおりませんか？　蒼生様を想《おも》うお気持ちを、他ならぬ貴女が蔑《ないがし》ろにされてどうするのです？」

使用人は、雪音の頭を抱く。

「宜《よろ》しいですか？　思《おも》い遣《や》りは、重い槍《やり》とも書きまして。中途半端に扱えば互いを傷つけますが、臆せず放てば相手の懐《ふところ》まで深く刺《さ》さります。今宵《こよい》の貴女は後者を選んだ。それを

良しとする関係こそが、お二人の望む、あの頃のお二人なのではないですか？」

「思《おも》い遣《や》りは重い槍《やり》……か、その通りね。まるで兄さんが言いそうな台詞《せりふ》だわ」

「お嬢様は、朱美《あけみ》様が冬冴《とうが》様を手にかけたとお考えで？」

「あるわけないいじゃない。そんなこと」

少女は歯切れ良く即答する。

「あなたはどうなの、朔夜《サクヤ》？」

「その名で呼ばれると、面映《おもはゆ》いですね」

次の瞬間、使用人はその容《かたち》を失っていた。

音無き旋風《つむじかぜ》に髪が散り咲き、二股に裂けた尾が現れる。

狼《おおかみ》を彷彿《ほうふつ》とさせる細長い鼻。悲哀の混じった琥珀《こはく》の瞳孔。

「わたくしも、朱美様のことを信じていますとも」

使用人———もとい、使用人だったそれは。

白狐《びゃっこ》の姿を得て、そう返した。

それでもまだ、月は狐《きつね》の影を畳に見つけられない。

「朱美様は強く誠実で、信頼できるお方であった、と我が姉からも聞き及んでおります。

実際、冬冴様と仲睦《むつ》まじい御様子《ごようす》でしたし」

「ねえ、朔夜は……美夜《ミヤ》がいないと、やっぱり淋《さび》しい？」

雪音《ゆきね》は問いかけた。

雪音の兄――氷乃華《ひのはな》冬冴。

その使い魔の名を聞くと、狐は息を吐く。

「わたくしが姉に対して抱《いだ》く感情と、お嬢様が冬冴様に抱くそれは、似て非なるものです。姉妹《しまい》とは言え〈言霊《アニマ》〉同士、血の繋《つな》がった関係ではありません。御存じの通り、わたくし共――尾裂狐《オサキギツネ》は、太古より関東一帯に棲《す》んでおりました。美夜とは腐れ縁も腐れ縁。じゃれ合って、富士五湖《ふじごこ》や芦ノ湖《あしのこ》なんかも造りましたっけ」

「もう姉妹喧嘩《げんか》というより、軽く天変地異《てんぺんちい》よね、それって」

「ふふっ。ですが、徒《いたずら》に年を重ねるのも考えもの。美夜が隣にいた時間が長すぎて、感覚が麻痺《まひ》してしまったのかも知れません」

狐の哀愁が、畳に染みる。

「姉――いえ、美夜は。きっと、異国の地で最後まで冬冴様を守り抜いたことでしょう。時に毛嫌いした姉ですが、帰って来なくなった途端、あの背中が誇らしく思えるのは皮肉なものですね。思い出とは、どうしてなかなか、それを忘れた瞳《ひとみ》には大きく映って困りもの。我ながら、人並みの妹みたいで笑ってしまいます」

額に屋敷への憑着《ひょうちゃく》術式が綴《つづ》られた狐。その頭を、雪音は抱え込む。

「あなたは人間よ、朔夜。それも心の優しい立派な」

「そう言って頂くのは嬉《うれ》しいですが。幾千万と人を喰《く》らった獣《けもの》への世辞にしては、純粋が過ぎますよ」

生温《なまぬる》い夜風が、二人を宥《なだ》めた。

「ですから、蒼生《あおい》様には然《しか》るべき態度を」

「うう……分かってる。分かってるわよ」

「あまり時間を置くと、気まずさが募る一方ですから、ここはお互い早めに歩み寄るのが賢明かと。まあ、受け身でじっくり焦《じ》らすのも床上手《じょうず》な女でそそられますが——っあの、お嬢様？　流石《さすが》に痛いので、わたくしの毛を毟《むし》らないで頂けます？」

「あなたが変なこと言うからでしょ！　いつも一言二言多いんだから！」

「これでも、巷《ちまた》の重要文化財より遥《はる》かに年上ですので。多少は労《いた》わって頂きませんと」

「それは否定できないわね」

雪音《ゆきね》は笑うと、縁側に立つ。

そっと呪文を口にし、池の鏡面に指先を触れる。

——〈負相剋《そうこく》〉・氷結呪文。

それは、対立する属性を絶妙な均衡に包める者だけに、許された言葉。

「アルビオン無しでここまでとは、兄妹《きょうだい》の血は水よりも濃いといったところですね」

狐は主の背中に目を細める。

バキン！　徐《おもむろ》に、甲高い音が跳ねた。

「やっぱ……兄さんのようにはいかないわね」

結晶しかけた氷には、疎《まば》らな亀裂が生じていた。

間もなくそれは砕け、夏の池に流氷が浮かぶ。

――蟠《わだかま》りのある心には、清澄な水とて騒ぐものです。

使用人は、そう助言しかけて飲み込んだ。

ただ何となく。少女の未来が、凍りつかぬことを祈りたくなった。

誰にともなく、狐は呟《つぶや》く。

「冀《こいねがわ》くば。お二人の歩み出しが、手遅れとなることの無きように」

第三章　――復讐《ふくしゅう》の修辞《レトリック》――

1

少年は一人、豪雨に霞《かす》むロンドンに立っていた。
灰色に泣いた、霧の都。
〈迂闊《うかつ》な福音〉のシンボルだった時計塔《ビッグ・ベン》は、無残にも半壊し。
足元では、テムズ川が見境なく荒れ狂っている。
「姉《ねえ》さん！」
蒼生《あおい》は力の限り叫ぶ。
すると雨の中、女性の影がこちらを振り向いた。
――あら、どうしてここへ来たのかしら。
憐《あわ》れむような声。
蒼生は姉の姿を見つけたことに安堵《あんど》し、近寄ってゆく。
が。すぐに異変に気が付いた。
彼女の隣に大きな影が蠢《うごめ》いている。獣《けもの》だ。
暗くてよく見えないが、そのシルエットは巨狼《きょろう》のように映る。
――いいつけを守らない悪い子ね。姉さん、がっかりだわ。

姉の髪が、雨に濡《ぬ》れた訳ではない事に、蒼生はようやく気が付く。
それは、どす黒く纏《まと》わりついた返り血。
そうと分かるや否《いな》や、獣が口に咥《くわ》えている物体が、ハッキリと視認できた。
柔らかい音、鼻の奥にこびりつく鉄臭《くさ》さ、あれは人肉だ。
――だから、来るなと言ったでしょう？
無造作に転がる死体が、姉の足元に緋色《ひいろ》の山をなしている。
――見ちゃった？
ゆっくりと振り返る姉。そこにあったのは。
劫火《ごうか》を湛《たた》えてこちらを睨《にら》む、獣の双眸《そうぼう》であった。

暗転。
悲鳴を上げる間もなく、蒼生は軍法会議にかけられていた。
――第九師団・〈迦楼羅《カルラ》〉、他数師団が全滅！
――シルヴィア＝ブラッドフォード総隊長は遁走《とんそう》！
――聖人面した小娘め！
――これは、我が国の安寧を脅《おびや》かす叛逆《はんぎゃく》行為です！
――緋濡《ひぬ》れの魔女に誅罰《ちゅうばつ》を！　同胞騎士の無念をここに晴らしましょう！

──その少年への無間《むげん》地獄を求刑します！

阿鼻叫喚《あびきょうかん》の大法廷に、蒼生《あおい》は必死に姉の姿を探す。

近づいて来る、黒いマントの人影があった。

──君は姉《ねえ》さんが無実だと妄信しているのね、哀れな子。

フードの下で嗤《わら》う声。

──助かりたいなら、わたしの手を取って。

すっと、救いの手が差し出される。

──君は、姉の罪を背負いし荷車。忌み疎《うと》まれた言の葉の魔女と、同じ轍《わだち》を踏まねばならない。それしか君は、救済される術《すべ》を持たないのよ。さあ、この世の因果を恨む暇があったら、早くこの手を取って。自分の命が可愛《かわい》くて仕方無いんでしょう？

「助けて下さい……お願いです」

声を嗄《か》らして蒼生は縋《すが》ってしまう。

もう引き返せない。蒼生は女性の手に自らを委ねた。

瞬間、冷たいものが全身を巡った。体が、言うことを聞かない。

──いい子ね、良く出来ました。

蒼生の足は、鮮やかな緋色《ひいろ》の川を渡り始める。

フードの下で、髑髏《どくろ》が嗤っていた。

――それでは行きましょうか。わたしと君、どちらかの命が解《ほど》ける朝まで、この闇夜を二人で愉《たの》しく踊り明かしましょう。


「はっ」

そこで蒼生は目を覚ました。

赤と黒に閉ざされた世界から、意識がようやく現実に戻る。

柱時計が指すのは朝の七時。ここは、自分の家だ。

「くそっ……夢か……！」

蒼生は跳ね起きた。

ベッドのシーツが泣き腫らしたように濡《ぬ》れている。脈打つ心音が、耳に近い。

窓のカーテンを乱暴に開け放つと、一面の灰色が襲って来た。

「うわ、酷《ひど》い雨だな」

目を細めながら、蒼生は唇をぐっと噛《か》む。

姉の無実の罪を晴らしたい、そう強く願ってきた。

けれど、強く願えば願うほど。疑心が湧いて、決意の足下が揺らいでしまう。

もし、無実でなかったら。

もし姉が、本当に雪音《ゆきね》の兄を手にかけてしまっていたら――。

望まない真実を覗《のぞ》いて溺れるくらいなら、井戸にはそっと蓋をすればいい。

そんな囁《ささや》きに怖《お》じ気《け》づき、焦燥の底なし井戸に溺れる日々。

聖語騎士《せいごきし》になることが、事件の真相を知る近道にして、残された唯一の希望である。

だがそれは。

大切な姉を奪った、憎むべき茨《いばら》の道でもあった。

――逃げるときは、前のめりに逃げること。

姉がよく口にしていた言葉を、蒼生《あおい》は反芻《はんすう》する。

「今日は、ついに実技審査の日か」

鈍色《にびいろ》の空を裂く稲妻を睨《にら》み。

少年は決意に拳《こぶし》を握りしめた。


結局。蒼生はあの晩以降、雪音《ゆきね》と口を利けていなかった。

――兄さんは殺された。

雪音の兄――氷乃華冬冴《ひのはなとうが》は。

白皙《はくせき》の美貌とその頭脳から、〈氷帝《イセベル》〉の異名をとった、誉れ高き聖語騎士であった。

彼は朱美《あけみ》と同期で、〈聖征騎士《ナイト》〉となり。席次こそ次席に甘んじたものの、第九師団の副団長として朱美と双璧を成す逸材であった。二人は恋仲も噂《うわさ》されるほどで、蒼生と雪音も含め家族ぐるみの付き合いだった。

しかし〈深緋《ふかひ》の徒花《あだばな》〉と呼ばれた夜。

誰よりも朱美の側《そば》に居た彼もまた、師団員と共に、息を引き取っていた。

学院関係者の墓がある、筑波山《つくばさん》の頂《いただき》。

隊長の名だけが空白となった大理石に、雪音は今でも通い詰めている。

――わたしは、朱美さんを尊敬しているし、信じている。

雪音は、彼女の名を滅多《めった》に口にしない。

実の兄を殺した魔女、その形見である蒼生に。

憎しみの眼《め》、恨みの言葉を、一度だって向けたこともない。

現実に向き合える強さ故に、他人を想《おも》うと厳しくあたってしまう。

現実から目を逸《そ》らす自分に我慢がならないのも、彼女の優しさかも知れない。

そんなことを考えながら、蒼生は家を出た。


「おはようございます、蒼生さん」

丘を降りたところで、声を掛けられた。

白い傘を差した金髪の少女が微笑《ほほえ》んでいる。

「リーナか、おはよう」

「蒼生《あおい》さん、傘持ってないんですか？」

「えっ？　あっ……ほんとだ。まあ、ちょっとぐらいなら濡《ぬ》れても大丈夫さ」

「ダメですよ蒼生さん、風邪ひいたらどうするんですか！　この中に入って下さい！」

「いや、いいって」

「よくありません！」

少女は引き下がらない。傘を持つ腕《うで》を伸ばすものの、上背が足りず苦しそうだ。

見かねた蒼生は傘を持つ。構図としては当然、相合傘となる。

「えっと……これ、ちょっと恥ずかしいですね……」

「だから、俺は濡れてもいいって……」

「でも、こうしていると少し落ち着きます」

少女は小さくはにかむ。

「あの課題、本当に手伝わなくて良かったのか？」

「いいんですよ。お陰で筆記には自信がつきましたから。まだペンだこがちょっと痛みますけど。サヤネ先生も『よくやった』って受け取ってくれましたし」

カロリーナは結局、罰則課題を一人でこなしてみせた。

蒼生さんに迷惑はかけられないので、と健気《けなげ》にも助力を断って。

一度決めたら揺るがない、その真摯さに蒼生は胸を打たれた。

「この三日間、練習に付き合ってくれて、有難うございました」

「いいさ。あれだけやったんだ。自信を持って頑張れよ」

蒼生はカロリーナの肩を優しく叩《たた》く。

「あのっ……」

頬《ほお》を染めた少女の唇は、少年へと何かを言いかけたが。

すぐに萎《しぼ》んでしまった。

「ん、どうした？」

振り返って、言葉の続きを待つ蒼生。

――そんな目で見ないで下さいよ蒼生さん。

密《ひそ》かな意気込みに、少しだけ切った後ろ髪。

男の子が見過ごす、見過ごされたくない少女の想《おも》いが、今日も中途半端に揺らぐ。

――やっぱり言えないですよ、そんなの。

スキ、と。

たった二文字を口にするだけでいい。

呪文の詠唱より、ずっと簡単で単純なことなのに。

――蒼生さんには雪音《ゆきね》さんがいるのに、わたしって狡《ずる》い女の子ですね。

言葉は、思うだけでは形にならない。

口にしなければ、書かなければ、伝わらない。

カロリーナは、学院で叩《たた》き込まれる教訓を、苦く噛《か》みしめる。

「雪音《ゆきね》さんのこと、大事にしないとダメですよ？」

口をついて出たのは、二番目の本音。

蒼生《あおい》の隣に並ぶべきは、雪音であって。

彼女の空白を、自分が代わりに埋めることなんて出来ない。

それでも、と少女は思う。二人の間に出来た空白だけでも、埋めてあげられたら。

「ああ、ちゃんと仲直りしなきゃだよな」

蒼生はそう言って、

「ほら、早く行かないと遅れるぞ」と手にした傘を少女に伸ばす。

大丈夫、とカロリーナは心の内に言い聞かせる。

今はまだ、言えずとも。いつか、きっと、この口で。

「実技審査、わたし頑張りますから！」

自分と同じ泣き虫な空を、蒼生に隠して貰《もら》うと。

少女は不思議と強くなれるような、そんな気がした。


迫る、学院の門。

生徒の慢心を睨《にら》むフクロウも、雨に打たれて、今朝ばかりは項垂《うなだ》れて見えた。

「……あ」

蒼生は、雪音の姿を見た。

反対の道路から歩いて来た彼女もまた、同様に蒼生とカロリーナに気づく。

図らずも、門の手前でタイミング良く合流する格好となる。

「えっと……なかなか良い天気ね、今日は」と雪音。

「まるでどこがって感じだが……絶好の実技審査日和《びより》だな」と蒼生。

「っていうか、自分の傘ぐらい持ってきなさいよ。ずぶ濡《ぬ》れじゃない」

「水も滴るいい男、って言ってくれると助かる」

「バカなの？」雪音は呆《あき》れると、「ほら、傘無いなら貸さないこともないけど？」

「う～んと、それは突っ込めってことなのか？」

「「……」」

二人の頬《ほお》が時間差で緩む。それを見て、カロリーナの瞳《ひとみ》にも明るさが戻った。

「ねえ、カレン。えっと、この前の晩は……」

「分かってるって。だから、そんなシケた顔すんな」

手で制して、蒼生は深呼吸。

「その、なんだ……俺、決めたから。今日の実技審査でちゃんと向き合おう、って」

蒼生《あおい》は、決然と言い切った。
雪音《ゆきね》の唇が、半開きになって、吊《つ》り上《あ》がる。
彼女と視線を交わしたカロリーナにも、笑みがこぼれた。
三人は、足並みを揃《そろ》えて校舎に踏み込んだ。

2

試験会場は、物々しい空気に包まれていた。
窓という窓がカーテンに閉ざされた、薄暗い広間。
最前列には、三人の試験監督が、横並びに間隔を開けて座っている。
二日にわたって行われる、実技審査。
初日はまず、筆記召喚試験から始まる。
内容は単純。各々《おのおの》が通じる言語を以《もっ》て、アニマを筆記召喚してみせるというものだ。
「そろそろ、リーナの番か」
蒼生が並ぶのは、三列の内の中央。
カロリーナの後頭部が、十人ほどを隔てた前方に見える。
蒼生の列の試験官は、サヤネである。
アルファベット順なら、カロリーナより先に蒼生が呼ばれて然《しか》るべきだが。

「貴様はどうせ適当にこなすから、後でいい」と言われ、後ろへ回されていた。

「次。カロリーナ＝マルヴァレフト、前へ出ろ」

「はいっ」

サヤネが呼ぶと、カロリーナは踏み出す。

振り返った彼女に。蒼生は無言で拳《こぶし》を出し、エールを送った。

カロリーナにとっては、鬼教師を前に汚名返上の好機である。

「召喚に用いる言語と、アニマの位は？」

「ドイツ語で、中級位を召喚します」

「うむ。では、アルビオンを取り給《たま》え。こちらが合図をしたら、召喚を始めろ」

「宜《よろ》しくお願いします」

カロリーナは一礼すると、チョークを手に取る。

いざ本番を迎えると、蒼生も気が気でない。

横を見ると、雪音の姿。織絵《オリエ》が試験監督を務める列から、顔を出している。

「よし、始め給え」

「はい」

カロリーナは文章を描き始める。

――ん？

蒼生《あおい》は首を傾《かし》げた。

カロリーナは楷書体《かいしょたい》でなく、筆記体でドイツ語を書き出していたのだ。

蒼生は感心した。

聖語騎士《せいごきし》は実戦において、しばしば筆記体を用いる。

理由は主に、時間を短縮できるという利点から。

だが反面、筆記体は書き損じや綴《つづ》り間違いを生じやすく、リスクを伴う。

故に学院の教育方針は、基本に忠実に。

筆記体は、楷書体の基本の上に初めて成り立つ技術、と教えている。

しかし、裏を返せば。筆記体が扱えるのは、本人の技量を示すだけでなく、学院が欲して止《や》まない即戦力へのアピールにも繋《つな》がる。

——一人で頑張ってたんだな、リーナの奴《やつ》。

彼女の召喚練習を見てきたが、筆記体を扱えるとは知らなかった。

きっと、この日の為《ため》に密《ひそ》かに特訓してきたのだろう。

そう推し量ると蒼生は手を合わせて祈っていた。

大丈夫、リーナならやってのける。練習の時も、彼女は完璧に召喚してみせた。

あとは、筆記体特有の書き損じさえ起こさなければきっと——

――あれ、何だろう。この感じ。
蒼生は、先ほどとは異なる違和感に首を傾げた。
何かが、確実に、オカシイ。
でも一体、何が？
召喚を見つめていたサヤネも、ピクリと反応した。
しかし、筆記を続けるカロリーナの姿は、どこも変わりない。
そう。変わりなく、先へ先へとチョークを滑らせて。
――先へ先へと走らせて？
「はっ」
蒼生は目を見開く。
い、い、い、い、カロリーナの呪文がいくらなんでも長すぎるのだ。
サヤネが書類を机上に放り、口を開いた。
「……カロリーナ＝マルヴァレフト？」
「あれ、わたし――何を――？」
カロリーナの声が、離れた蒼生の耳に届いた。
そこには、素の驚きが滲《にじ》んでいた。

まるで、

彼女では無い別の誰かが、彼女の手を操っていたかのように。

だがしかし、カロリーナの手は止まらない。

これにはサヤネも、動揺の色を見せた。

「カロリーナ＝マルヴァレフト！　今すぐ筆記を中断しろ！」

女性教師は声を荒らげる。

両隣で監督していた教師、そして生徒達の視線が一気に集まった。

「違っ――わたし何も――どうしてッ――？」

少女はもう片方の腕《うで》で、筆記を止めようと必死になるが。

チョークは彼女の意思に反して、更に加速する。

その文面に、蒼生《あおい》は戦慄した。

――あれは、上級位アニマの召喚呪文だ。

サヤネが身を乗り出し、怒鳴りつける。

「聞こえないのか、カロリーナ！　命令だ！　今すぐ筆記を止めろと言っている！」

「――ッ、センセイ――違――わたし――ご、御免《ごめん》なさ――ッ!?」

恐怖に引き攣《つ》った少女の悲鳴。
蒼生の背筋がゾッと騒いだ。
視界が脈とともに波打ち、色という色が漂白された。
走り出す蒼生。
たった数十メートルの距離なのに。
いつも隣にあったカロリーナの金色が、果てしなく遠い。
――ダメだ、間に合わない。
そこへ、追い打ちをかけるように。
文字列が深紅に変化した。
生徒が入学から口煩《うるさ》く擦《す》り込まれる現象だ。
〈喪語状態《アフェイジア》〉。
言い換えれば、書き損じ。
カロリーナの手は、長々と綴《つづ》った先で書き間違っていたのだ。
たった一つのミスが、聖語騎士《せいごきし》の命取り。
「がっ⁉」
カロリーナが喉元《のど》を押さえ、床に崩れ落ちた。
――くそっ、制御術式を書かずに、〈言霊《アニマ》〉の召喚術式だけを起動させてやがる……！

蒼生《あおい》が絶望した、刹那《せつな》。

少女の制服、その袖《そで》口、襟元、スカートの裾から文字列が這《は》い出した。

それらは波状に絡み合うと、鮮烈な光を放つ。

教師達が目の色を変えて、駆け出すも遅く。

それは、虚空から姿を現した。

太陽が落ちてきたに等しい光線と熱量に、広間が歪《ゆが》む。

突き出したのは、切れ長の口。

続いて、逆立った鱗《うろこ》、天井を焦がす二本の角、溶岩を閉じ込めた瞳《ひとみ》。

焔《ほのお》に身を焼く龍《りゅう》は、無防備な召喚主を見ると。

口を裂いて、煮え滾《たぎ》る地獄の門を覗《のぞ》かせる。

「なっ……悪魔《ジン》の言霊《アニマ》だと⁉」

焔に阻《はば》まれ、已《や》む無《な》く後ずさるサヤネ。

「サヤネ、これはイフリートです！　術式の核になっているアラビア語の六芒星陣《ペンタクル》を破壊して下さい！」

「まずは生徒達の安全を！　水牢《すいろう》結界を展開しないと！」

織絵《オリエ》と、別の女性教官が、サヤネに進言するも。

轟音《ごうおん》に掻《か》き消され、一語たりとも届かない。

カロリーナが、振り返った。
彼女の瞳《ひとみ》は、憧れの少年を捉えると、安心してふっと力を抜いた。
言葉を喪《うしな》った口が、微笑《ほほえ》みと共に何かを呟《つぶや》く。
その時、蒼生《あおい》は見届けた。
彼女の可憐《かれん》な口――垣間《かいま》見えた舌の上に。
アラビア語の六芒星陣が煌めき、溶け出すのを。

そして――龍《りゅう》はカロリーナを喰《く》い千切った。

声を出すことの叶《かな》わない少女は。
身の毛もよだつ粘着質な悲鳴を代わりに、上半身を噛《か》み砕《くだ》かれた。
飛び散る肉片が蒸発し、血飛沫《ちしぶき》が鉄臭《くさ》く焦げた。
龍の口から、腕《うで》と思《おぼ》しきシルエットが零《こぼ》れ、焔《ほのお》の中に身を投げた。
どこか遠くで、つんざく悲鳴。
恐怖が広間を伝播《でんぱ》し、生徒達が堰《せき》をきったように逃げ惑う。
我先にと他人を押しのける、同級生の波に。
蒼生は戻され、潰され、視界を遮《さえぎ》られた。

「……嘘《うそ》だ……嘘だ……リーナ……リーナ……！」
少女の姿を追う蒼生。
後方には、同じく雪音《ゆきね》の姿。
二人はどれだけカロリーナの名を叫んだだろうか。
虚《むな》しいかな、悲鳴と絶叫に埋もれた広間では。
彼らの声は、ものの一メートルと通らず、掻《か》き消されてしまった。

3

「蒼生、ねぇ蒼生ってば！　お願いだから、落ち着いてっ！」
雪音が肩を掴《つか》んで揺さぶってくる。
でも、そんな光景が現実味を帯びない。何も頭の中に入ってこない。
無表情に憑《つ》かれた蒼生は、扉の前に辿《たど》り着《つ》くと。
殴りつけるように、何度もノックする。
填《は》め込《こ》まれたプレートには、教官室の文字。
中から返事らしき音は無い。
筆記召喚試験中に一人の女生徒が命を落としてから、既に十分が経《た》っていた。
サヤネら教師達は、すぐさま生徒を水牢《すいろう》結界で隔離し、別の大広間へと避難させた。龍はカロリーナを腹に収めると、暴れることも無く蒸発したのだった。

蒼生《あおい》はアルビオンを取り出し、ドアを呪文で破壊した。

「誰の許可を得て入り込んでいるのだ。今は会議中だ。大人しく避難場所に待機していろ、カレン＝ブラッドフォード」

硬く冷ややかなサヤネの声。

部屋の中には、教師たちが十人程集まっていた。

「聞こえんかったか、カレン？　さっさと失《う》せろ」

彼女は少年に退室を促す。

だが、蒼生は俯《うつむ》き加減に突っ立ったまま動かない。

「どうして、リーナは……」

肩を震わせる少年に、サヤネは抑揚のない声で、

「カロリーナ＝マルヴァレフトは、『召喚するアニマは中級位まで』という実技審査の遵守項目に背き、上級位の召喚に挑んで、失敗した。全ては、彼女の技量不足と無謀とが招いた結果だ。自業自得という他無い」

その台詞《せりふ》に、蒼生は我を忘れた。

「は……何言って……？」

「〈喪語状態《アフェイジア》〉を起こすとどうなるか。他の者達も身に染みて理解しただろう。たった一

度の過失でアニマの犠牲になる。それを教師が口煩《うるさ》く教育しても伝わらんからな」

「……おい……ふざけんなよ……」

「不運な事故だったが、あれだけのアニマを前に、被害を抑えられたのは不幸中の幸いと言える。先日の罰則課題を受けて、このザマだ。聖語騎士《せいごきし》になったところで、どのみち彼女の命は――――っ!?」

蒼生の中で爆《は》ぜるものがあった。

気が付けば、少年は彼女の胸倉を掴《つか》み。

噴き出した衝動に任せ、襟元を締め上げていた。

「――ふざけんなッッッ！　リーナは……誰かに殺されたんだ！」

ドイツ語の長文筆記程度で、上級位の召喚は叶《かな》わない。

言霊《アニマ》の心臓――――核言語となる属性に、補助言語をいくつも加え。

〈相生《そうせい》〉や〈相乗〉により、強大な霊力に還元させる必要がある。

最高学年《エクスワイア》の学生が一人でこなすのは、まずもって不可能だ。

「教師の、聖語騎士の目の前で、生徒が一人死んでるんだぞ？　なのにテメエら、リーナが勝手に自殺したっていうのか!?　生徒一人の命と引き換えに他が無事なら、それでいいのかよッ!?」

喚《わめ》き散らす少年を見下ろす女性教師。

彼女は右手の白手袋を外すと。

そのまま、平手を蒼生《あおい》の横顔に一閃《いっせん》させた。

バチン！

乾いた音に遅れ、蒼生の頬《ほお》に鋭い痛みが走る。

「上官に向かって手をあげるとは、不届き者め。仮にも理事長の御前だぞ、恥を知れ」

言うが早いか、サヤネは怯《ひる》んだ蒼生の腕《うで》を捩《ね》じり上げる。

そして、流れるような動作で膝蹴りを胸元に見舞った。

「がっ⁉」

「蒼生君、大丈夫⁉　ちょっと、サヤネ！　いくらなんでもやりすぎよ！」

床にうずくまる蒼生を、織絵《オリエ》が庇《かば》いにかかるが。

「一刻を争う事態だぞ、織絵。情けをかける暇があったら、とっととコイツを外へ出せ、目障りだ」

仁王立ちするサヤネを、蒼生は睨《にら》みつける。

彼女の背後、机の上に、青白い瞳《ひとみ》をしたフクロウが見えた。

――理事長の御前だぞ。

サヤネの言葉から、正体はすぐに判《わか》った。

学院の最高権力者は、あのアニマ越しに、教師達と会議を行っていたのだ。

それだったら、と蒼生は思う。

教師達にではなく、あのフクロウに事の真相を伝えなくては。

「――ゴホッ、理事長！　どうか――話を聞いてください！　リーナは、召喚に失敗したんじゃありません、彼女は殺――ぐっ!?」

鈍い音に、蒼生の言葉が途切れた。

サヤネが脇腹を蹴り上げたからだ。

「何――で――？」

蒼生は、声を嗄《か》らして見上げる。

しかし、鬼教師の瞳は微塵《みじん》も揺れない。

近くから少女の悲鳴があがる。

視線を向けると、別の女性教師に拘束された雪音《ゆきね》の姿。

――証言者は自分だけじゃないのに、くそっ！

蒼生は、彼女も現場を見ていたことを思い出す。

「ったく。一生徒が、揃《そろ》いも揃って単独行動とは呆《あき》れたものだ。聖語騎士《せいごきし》の端くれなら、一時の感情に身を委ねず冷静でいろ」

教師の一人が、少年を押さえ込んで気絶させる。

――畜生、どいつもこいつも。

蒼生《あおい》の瞼《まぶた》が、力を失って下がり始める。

「理事長、生徒がご無礼を働きましたこと、謹んでお詫《わ》び申し上げます」

サヤネは、フクロウに頭《こうべ》を垂れた。

「本日、筆記召喚試験において、女子生徒一名が規則に違反。単独で上級位アニマを召喚、〈喪語状態《アフェイジア》〉を起こし、死亡。少女の名はカロリーナ＝マルヴァレフト。助けるべく最善を尽くしましたが、わずかに及ばず。他生徒の保護を優先し、現場からの避難に成功。彼女の他に死傷者はゼロです」

世界から揉《も》み消される、少女の悲惨な死。

——ふざけるな。

足下の命を素知らぬ顔で踏みにじっておきながら、何が国民を守る為《ため》の聖語騎士《せいごきし》だ。

そんな無力感を残し、蒼生の意識は遠のいた。


「……こんなの、あんまりよ」

学院を抜け出した蒼生と雪音《ゆきね》は、ブラッドフォード邸の図書室にいた。

着くなり、ソファにどっかり腰を落とした蒼生。堪《たま》りかねた雪音が口を開く。

「……いくら国家機密機関だからって、やっていいことと悪いことがあるでしょう。わたしも、この目で見てたわ。カロリーナさんは誰かに操られているようだった。でなきゃ、あんなことするなんて考えられないもの」

　彼女は続ける。

「なのに事件性がないみたいに片づけられて……一体、何がどうなってるのよ。これじゃまるで……彼女の死が、学院にとって都合が悪かったみたいじゃない」

「そうだ。リーナの死は学院にとって都合が悪かった」

「……は？」

　蒼生の言葉に、雪音は戸惑う。

「ちょっと蒼生、あなた何言って……」

「だから学院は、あくまでもリーナが自ら進んで危険な召喚を行い、その結果命を落としたことにしたかった。いや、そうせざるを得なかったんだ」

「……どうしてそんな事言うの」

　雪音が、声を落として非難する。

「……あの子はどう考えても誰かに殺されたのよ。なのに、それが不慮の事故として学院に片づけられるのが当然だって言うの……？」

　蒼生は答えない。

「やっぱりわたし、もう一度学院に訴えて来る」

「よせ。お前が行ったところで何も変わらない」

「じゃあ、どうしろって言うの⁉　このままずっと、何もしないで嘆いているつもり⁉」

「そんなわけ――ないだろ」

蒼生《あおい》の、押し殺した声。

その瞳《ひとみ》には、静かな胎動が息を潜めていた。

天窓から差し込んだ陽《ひ》が、少年の髪に亜麻色を呼び戻す。

「これから、リーナを殺した犯人を見つけ出す」

少年は短く言った。

「……ええ、当然じゃない」

強気に頷《うなず》く雪音《ゆきね》。

「じゃあ、今すぐ先生方のところへ――」

「それは駄目だ」

「何で？　どうしてよ！」

「教師を含め、学院に関係している人間には頼れない。頼れば、敵の思うつぼだ。だから、俺達は俺達で、独立して動かなきゃならない――」

蒼生は立ち上がると。

雪音へではなく、かと言って、独り言でもない口調で。

いるはずのない人間に向かって、こう訊《たず》ねた。

「——だから、あんな下手《へた》くそな芝居を打ったんですよね、サヤネ先生？」

「——それは褒め言葉と受け取っていいのか、カレン＝ブラッドフォード？」


第三者の声に、雪音は息を飲んだ。

彼女は慌てて辺りを見回す、が。

蒼生の他には人影も、代理となるアニマの姿も、見当たらない。

「ちなみに、芝居だったことにはいつ気が付いたのだ、カレン？」

「恥ずかしながら、ついさっきですよ先生」

「ほう、貴様らしくもないな」

「逆に訊《き》きますが、あの時俺が本気で先生を殴ろうとしたのに気が付きましたか？」

会話を続ける蒼生。

サヤネの声こそ聞こえるものの。

しかし肝心な姿が無いので、雪音は形容しがたい感覚にとらわれる。

「二十七年生きてきて、私の胸ぐらを掴《つか》んだのはお前が初めてだぞ、カレン」

「俺も十七年生きてきて、女性の足に蹴り上げられるなんて初体験です」

「とんだマセガキだな。気持ちよかったか？」

「生足ならまだしも軍靴ですからね。想像していたほどには」

相変わらず、状況を飲み込めていない雪音《ゆきね》は、蚊帳《かや》の外である。

「まあ、お互い様ということだろう」

「一発目はともかくとして、二発目と三発目は本気でしたよね、先生？」

「わたしとて女だからな。下卑《げび》た男には自然と手が出るというものだ」

「出たのは手だけじゃないですけど」

「揚げ足を取るな。要らん事を喚《わめ》くから、口封じをするのは当然だろうが」

「一時の感情に身を委ねず冷静に、って言ったのは先生ですよ」

「反面教師というのを知らんのか」

「……言葉は使い様ですね」

「どうしてサヤネ先生の声が……？」

雪音が問うと、蒼生《あおい》は自分の頬《ほお》を差し示す。

彼女はハッとなる。

平手打ちで赤くなった蒼生の頬に、光るものが目に入ったからだ。

――あれは、呪文？

そう雪音が考えるより早く、声がかけられる。

「わたしが何故《なぜ》、カレンの頬を素手で叩《たた》いたか、ようやく解ったか雪音？」

声の主はサヤネだった。

出所は、蒼生の頬に光る文字列。

「さ、カレン。早く解放しろ。如何《いかん》せん文字のままじゃ、お前らの顔が見えんからな」

「はい、先生」

蒼生は頬の文字列を指で摘《つ》まむ。

それは容易《たやす》く剥《は》がれ、机の上に舞い落ちると。折り畳まれた文面を、宙に広げる。

遅ればせながら、雪音は理解した。

あの時、あの場で。サヤネが密《ひそ》かに、この異形《いぎよう》を蒼生に託していたことを。

「咄嗟《とつさ》にしては、いい思いつきだったと思わんか？」

女性教師の声を借りて。

吐き出された異形は、双眸《そうぼう》を細めた。

青白い瞳《ひとみ》が不気味な鴉《からす》。

それが、サヤネの使い魔の姿だった。

大きさこそ、路地裏でゴミを啄《ついば》む害鳥と変わりないが。

よく見ると、翼の下には足が三本、首に至っては二本も突き出している。

折り鶴の尻尾《しつぽ》を折った出《い》で立《た》ちの、双頭三足の鴉だった。

「八咫烏《ヤタガラス》……いえ、三足烏《サンズウー》ね」

「ご名答。火と金の属性は重宝するのでな」

雪音《ゆきね》の声に鴉《からす》が答える。

中国神話に名高い〈言霊《アニマ》〉は、黒光りする嘴《くちばし》を開き、

「しかし、お前らの痴話喧嘩《ちわげんか》が終わっていたのは、不幸中の幸いだな」

「どうしてそれを……」

ばつが悪い雪音は、蒼生《あおい》をちらと見る。

「どうしても何も、全部知ってるぞ。雪音がカレンの昼代を貪ったのも、夜中に喧嘩別れしたのも、不覚ながら目撃してしまっているからな」

それを聞いて。

使い魔の姿に、二人はハッとなる。

学院が、蒼生の監視に用いたアニマは何であったか。

「先生、いい年して俺みたいな年下男の監視なんて、趣味が悪いですよ」

「たわけ。無休にして無給の時間外労働だ。鴉ってのは、どの御時世《ごじせい》にも汚れ役を押し付けられるものでな。わたしに白羽……いや、黒羽の矢が当たったに過ぎん」

——つまり、進んで俺の監視役を引き受けたのか、この人は。

誤魔化《ごまか》し下手《べた》な女性教師に、蒼生は苦笑い。

「では、本題に入るぞ。何せ事態はかなり深刻だ」

鴉は改まる。

「――単刀直入に言う。お前たちにはカロリーナを殺した犯人の特定をしてもらう」

蒼生の耳は、雪音の微《かす》かな強張《こわば》りを拾った。

気付かぬうちに、自らの拳《こぶし》も震えている。

あの場で「事故」と片づけた張本人が、鴉を通して「犯人」と口にしている。

その事実が。蒼生の体に、武者震いに似た熱を呼ぶ。

「これはわたしの極めて独断的かつ個人的な命令だ。学院は全く噛《か》んでいない。理不尽だと思うが、異論反論、不平不満、口答えの一切は認めん。お前たちに命じるのはただ一つ。我が国に仇《あだ》なす不穏分子を見つけ出し、カロリーナの仇《かたき》を取ること。それだけだ」

少年少女は気を締めながらも。

どこか込み上げる笑みを隠せなかった。

「どうした雪音、顔が引き攣《つ》ってんぞ」

「その台詞《せりふ》、そっくりそのまま返してあげるわよ、カレン」

「で、見つけたらどうするんです、先生？」

「敢《あ》えて訊《き》くまでも無いだろう？」

サヤネは切れ味鋭く、

「——特定したらば、即刻その場で始末しろ」

手段は問わない、という事だった。

カロリーナを想《おも》えば、それですら足りないと蒼生《あおい》は感じる位だ。

しかし、彼は衝動に身を焼きつつ、冷静な俯瞰《ふかん》をしていた。

拘束するでも、尋問するでもなく、殺せということは即《すなわ》ち。カロリーナを殺した人物と覚悟なしに対峙《たいじ》しようものなら、すぐにでもこちらの首が飛ぶということだ。

それでも蒼生は引かなかった。否《いな》、引き返せなかったと言うべきか。

雪音《ゆきね》と視線を交わし、少年は唇を引き締めた。

4

「カロリーナにかけられていた呪文は恐らく、〈傀儡秘抄《ネウロパストウム》〉だろう」

鴉《からす》は、そう切り出した。

「ネウロパストゥム……ラテン語で『糸繰《く》り人形』？」

「そうだ。対人使役の高等呪文さ」

戸惑う雪音へ、蒼生は解説を加えた。

「生きた人間の体に書き込んで、術者の使役下に置く呪い。本人にそれと気付かれず、言動を意のままに操ることが出来るんだ。文字通り、糸繰り人形のようにな」

淡々と蒼生は述べる。

聞いて、雪音は身震いした。

カロリーナは糸を付けられ、見世物よろしく人形として弄《もてあそ》ばれた。

そう考えるだけで、吐き気を催さずにはいられない。

「あの時、喰《く》われる直前、リーナの舌の上にアラビア語の六芒星陣《ペンタクル》が見えました。敵は予《あらかじ》め、イフリートの召喚呪文も彼女の躰《からだ》に綴《つづ》っていたんです」

蒼生はサヤネに報告する。

「リーナは、無害な生徒を装った、いわば歩く召喚術式として試験会場にやすやすと入り込み、操られた腕《うで》に呪文の書き損じを強制され、〈喪語状態《アフェイジア》〉に陥《おちい》った――」

「そんな……」

口を覆い、青ざめる雪音。

同じ女性だからか。体を弄《いじ》られることへの嫌悪が募る。

「やはりな」

鴉は机を引《ひ》っ掻《か》くと、

「火を散らす上級位アニマは、殺しと同時に証拠隠滅の道具でもあったということか」

焔《ほのお》は有象無象を灰へと変える。

餌食《えじき》となったカロリーナは、肉片一つ残すことも許されなかった。

飛び散った血痕さえ、天井や床と共に焦げて跡形も無い。

「その通りです」

「となると一筋縄ではいかんぞ、カレン」

「同感です。荒っぽく卑劣な犯行ながら、恐ろしく計算高い」

「ちょっと待って」

鴉《からす》と蒼生《あおい》の間に、割って入る雪音《ゆきね》。

「学院内には中・高等呪文の感知結界が張られている筈《はず》よ。〈傀儡秘抄《ネウロパストウム》〉が発動した時点で、すぐに先生たちにバレるじゃない。なのにどうして……」

もっと早く食い止められなかったのか、そう問う少女に。

「実技審査中は、結界が解かれることになっている」

言いにくそうに鴉が答えた。

「アニマを生徒達が召喚するからな。それを逐一感知するというのが、万が一の場合に混乱の種とならぬよう、上層部が決めたことだ。無論、これは暗黙の了解であって、生徒達は知る由《よし》もない。まあ、苦言を呈した生徒が、過去に若干一名いた気もするが」

鴉が示す先には、蒼生の顔。

「だから俺は学院側に警告したんです。『審査中に結界が解かれるのは問題だ。自分が敵国の人間なら、そこを狙って工作する』って。ですが、学院の教師たちは聞く耳を持ちませんでした。都合が悪いのか、それとも怨《うら》みがあるのかは分かりませんが、俺に忘却呪文を試みた教師も二、三名ほど」

「わたしは、一応聞いてやったぞ」

「でも学院上層部は相手にしなかった、ですか？」

図星なのか、鴉の方からは声が聞こえない。

縦割り行政に権力志向な上層部のことだ。蒼生はさして驚かない。

「だから、このザマですよ」

「まったくだ」同情を見せる鴉。「だが、幸か不幸か、それが犯人の素性を少しは解明する助けになった」

「え、どういうことです？」と雪音。

「簡単だ。結界が解かれると犯人は知っていた。生徒が知り得ない情報を事前に仕入れ、実技審査期間を狙ったということになる。つまり――――」

「犯人は学院関係者と内通しているか、或《ある》いは学院関係者そのもの」

台詞《せりふ》を先回りした蒼生に、鴉は頷《うなず》く。

学院内で、カロリーナ殺しに間接的にでも関与した人間がいる。

その点について蒼生と女性教師の見解は一致していた。

雪音も遅ればせながら、事の重大さに感づいたようだった。

「だから、あの場でカレンの口を封じたんですか」

「やっと判《わか》ったようだな雪音《ゆきね》。まあ、あくまでも可能性があるというだけだが、迂闊《うかつ》な行動は取れんからな。わたし達が互いに疑心暗鬼《ぎしんあんき》になれば、被害が拡大しかねん。敵もそうなることを狙っているだろうからな」

鴉《からす》の台詞《せりふ》に、蒼生《あおい》は同意だった。

「目下、学院には緊急時の厳戒態勢が敷かれている。教官は各々《おのおの》の持ち場に就け、とのご達しだ。わたしは身動きを封じられている」

「だから、俺達を代わりの手足として使うんですね？」

「悪いが、そういうことになる。不満か？」

「いえ。元より国家の犬候補生ですし。それより気になるのは敵の目的です」

「そうだ。なぜ、カロリーナが殺されたのか。そこが問題だ」

教師は言う。

「あの子は、筆記こそ得意だが、取り立てて目を惹《ひ》くような逸材では無い。あの場で見せしめのように殺す理由が見当たらん」

「どうせ殺すならもっと優秀な人材だろう、と？」

押し殺した声で問うのは蒼生。

「そう考えるのが普通だとは思わんか？」

「敵が、この国の人間でなかったならばそうでしょうね。俺が敵国の工作員だったとしたら、まずは将来有望な聖語騎士《せいごきし》候補を真っ先に屠《ほふ》ります。それも、より学院内に混乱を生じさせる方法で」

「ならば、お前や雪音が殺害対象一番乗りだと思うがね」

「否定できませんね。特に俺は普段から一人授業を抜け出したりしてますし、襲いやすいでしょう。世の中、ぼっちは生きにくいっていう教訓ですか」

気休めのように言っておきながら、笑えない蒼生。

「わたしは、お前達が標的になる可能性もゼロではないと考えている」

サヤネ先生が言い切った。

「敵の狙いが、カロリーナ殺害だけとは思えんのだ。あの子を殺すのに、目撃者の多い試験会場を選ばずとも、容易《たやす》く襲えるだろう。ならば逆に考えるのはどうか。あの場でなくてはならなかった理由をだ」

「わたしと蒼生に、彼女の死を見せるのが目的だった、ってことですか？」

雪音の問いに、鴉がうなずく。

それは蒼生も感じていた可能性だった。理屈ではなく、本能的に。

「だったら、俺らが敵の方に出向くのは自殺行為となりますが」

「背に腹は代えられん。お前らしか現状、わたしの手足として動ける生徒はいない」

それもそうだろう、と蒼生《あおい》は思う。

と同時に、敵の掌中《しょうちゅう》に囚《とら》われている錯覚も拭えない。

でも、やるしかなかった。

「わかりました」少年は頷《うなず》く。

「はい」隣で雪音《ゆきね》も口を結ぶ。

「うむ」

頭を下げる鴉《からす》。それでも、声には硬さが残っている。

好き好んで押しつけているのではない、と弁明する含みがあった。

「で、何時に手回ししてくれるんです、先生？」

つっけんどんに問うのは蒼生。

「手回し？」と雪音。

「もう一度、学院のあの広間に戻るのさ。確かに、俺達に犯人を突き止める物的な証拠は残されていない。それでも、頼みの綱はまだ、目に見えない形で残されている」

「目に見えない形って？」

「追跡方法としては原始的で泥臭《くさ》いけど、まだ消えてないだろ——匂《にお》い、ってヤツは」

「それって、カロリーナさんの匂いをもとに、彼女の足跡を辿《たど》るってこと？」

「時間を巻き戻すように、な」

「なるほどね。そうすれば」

「敵の手がかりが掴《つか》めるかもしれない」

蒼生はそう言った。

「十九時に外部結界の一部を解いておく。持って数秒が限界だ。それ以上は勘付かれてしまうからな」

敵や〈言霊《アニマ》〉の侵入を感知する、外部結界。

そして、学内での中・高等呪文を感知する内部結界。

外部の結界を一度潜《くぐ》れば、内部では呪文の行使・〈言霊〉の召喚を行わない限り、感知されない。サヤネの作戦は、その盲点を利用するものだった。

創立以来、一度も外敵の侵入を許していない学院校舎。

内部犯を想定しない造りは、絶対的な威信の表れであり、傲《おご》りでもあった。

「わたしの教室の窓だぞ。目立たぬよう、空から忍び込め」

「空から？」

そう漏らした雪音は、鴉を指さす蒼生を見て納得がいく。

――アニマを使え。

サヤネは、言外にそう注文しているのだ。

「十九時丁度だ。遅刻も無断欠席も許さんぞ」

「分かってますよ」

「さて、あまり長々と話す時間も無い。そろそろ切るぞ――と、その前にカレン、話がある。悪いが雪音《ゆきね》、少しの間外してくれ」

「は、はい……」

引き下がる雪音に目配《めくば》せして、蒼生《あおい》は腕《うで》を差し出す。

飛び移った鴉《からす》の鍵爪《かぎづめ》が食い込み、痛みが走った。

「まあ、堪忍しろ」

「で、話って何ですか？」

「雪音のことを守ってやれ」

さぞや重大な言伝《ことづて》かと思えば。蒼生は拍子抜けした。

しかし、鴉は真剣な眼差《まなざ》しである。それどころか、もう一つの首もがこちらを向き、

「重ね重ね言っておくぞ、カレン」

「首が重なって不気味なんですけど」

「減らず口を叩《たた》くなと言っている。いいか、雪音を頼むぞ」

「泣く子も黙る鬼教師にしては、随分と彼女を贔屓《ひいき》してますね」

「違うな。雪音を守ることが、お前自身を守ることになるからだ」

鴉の眼孔が剣呑な光を湛《たた》え、念を押してくる。

視界の端に幼馴染《おさななじ》みを捉え、蒼生は頷《うなず》く。

「言われずとも、リーナの敵討《かたきう》ちにはあいつの力が必要ですから」

鳥は満足げに嘴《くちばし》を下げ、足場をずらす。

「それにしても、わたしを疑ってかからんのだな？」

「先生が敵である可能性をですか？　そりゃあ、勿論《もちろん》考えましたよ。でも逆はどうです？　俺が敵だとは考えなかったんですか？」

「教師は生徒を無条件に信頼してなんぼだ」

「じゃあ、生徒も教師の期待に応えない訳にはいかないじゃないですか」

負けじと返す蒼生に、鴉は唸《うな》る。

「深追いしてもいいが――死ぬなよ、カレン」

「先生こそ、老い先短いんですから」

「姉弟揃《きょうだいそろ》って、腹立たしいまでの口達者だな。ならば、絶対に生きて帰ってこい」

鴉は蒼生の元を飛び立った。

「では、わたしはこれで切るからな」

鳥は、雪音の方へと首を傾《かし》げて言う。

「それから追伸。コイツはわたしより性悪だ。扱いには気をつけろ」

鴉の瞳《ひとみ》の奥で、サヤネの気配が途切れた。

「『わたしより性悪だ』って、あの先生も自覚はあるんだな」

「それにしても、三足烏《サンズウー》って本に書いてあるよりもずっと神秘的な色をしてるのね。濡羽《ぬれば》色《いろ》っていうのかしら」

雪音《ゆきね》が近くで見ようと顔を寄せた時だった。

「ジロジロ見るな、ぺちゃぱい娘」

鴉《からす》が、嗄《しやが》れた声に嘴《くちばし》を開いた。

いわずもがな、彼女の表情が凍り付く。

「……っ、このっ！　誰がぺちゃぱいよッ!?」

蒼生《あおい》は目を瞑《つぶ》り、顔を背けた。

バチンッ！

雪音が左手を一閃《いつせん》、ついで鴉の悲鳴。

――女性の平手打ちって、この世で最強の武器なんじゃないか。

そんなことを思うと。

女性教師に叩《たた》かれた頬《ほお》が、息を吹き返して痛み出す蒼生であった。

5

「まったくもう！　サヤネ先生も、とんだ使い魔をよこしたものね……」

鴉としばらく揉《も》み合った後、雪音が苛立《いらだ》たしく息をつく。

「おい、その左手の引《ひ》っ掻《か》き傷大丈夫か？　治癒ならかけてやるぞ」

「いいわ。これくらい放っておいてもすぐに治るでしょ。小さい事は気にしないの」

「気にしないなら、鴉の発言にも寛容でいてくれ」

「羽目を外したことは否定しないわ」

雪音は仕切り直す。

「ところで、さっきの話。わたし、学院でラテン語は取っているけど、ネウロパストゥムなんて呪文、聞いたことが無いわ」

「そうだろうな。〈傀儡秘抄《ネウロパストウム》〉は、ヴァチカンが定める禁忌呪詛《じゅそ》の一つだからさ。ラテン語が精神干渉呪文を可能とするのは知ってるだろ？」

「五つの属性に収まらない特別言語――〈聖階梯《スカラ＝サンクタ》〉の一つよね。でも、ここまで出来るなんて一言も……」

「学院じゃ深いところまで教えないだろ。習得難易度も高くて、挙げ句とっくに口語は死語と化しているし、未《いま》だに謎の多い言語だからな」

「〈迂闊《うかつ》な福音〉とそっくりよね。〈聖階梯〉、世界の共通語へとあと一歩昇りきれなかった言葉。言い得て妙だけど、今は……笑えないわ」

「ああ、本当にその通りさ」

蒼生《あおい》は唇を噛《か》む。

「でも、希望はまだ残ってる。証拠は何も、目に見えるものばかりじゃないんだ。人間の匂《にお》いは、固有値であって、個性だからな。俺達人間には感知できなくても――」

「アニマでなら、って訳ね。心当たりがあるんでしょ？」

「動物なんかよりもずっと鼻の利くヤツだ。但《ただ》し――とびっきりの上級位だけどな」

それを聞いて、雪音《ゆきね》の喉《のど》が凍る。

手練《てだ》れの敵を前に、上級位で備える必要性は理解していた。

蒼生がそれだけの実力を備えているのも、彼女は知っていた。

けれど。さっきの事件直後で、上級位の召喚だ。

嫌でも、カロリーナの悲劇が網膜に重なる。

「何心配そうな顔してんだ、雪音」

「蒼生、大丈夫……よね？」

「随分と弱気だな、今日は。どうしたんだ？」

「お願いよ。あなただけは絶対……」

「失敗すんなって言いたいんだろ。分かってるさ。だから――」

蒼生は深呼吸をして、向き直る。

「失敗しないように頼む」

彼らしい、もったいぶった頼み方だと、雪音は思った。

彼女は汗ばんだ両手を胸元に握り、頷《うなず》いた。

「うん、任せて」


時計は十八時を回り。

足早な明星が、宵の帳《とばり》に気を揉《も》んでいた。

蒼生はというと。

次々と降りてくる自動書架から本を抜き取り、記された文言《もんごん》を床に書き殴ってゆく。

一冊、また一冊と。

アルビオンの先は、一時も休むことがない。

――蒼生は、一体何を召喚しようっていうの。

雪音が疑問に思うのも、無理はない。

大抵、上級位のアニマは三、四カ国語を併用すれば召喚可能だ。

例のイフリートなら、心臓となる核言語に火属性のものを選び。

そこへ、同じく火属性の補助言語で〈相乗〉を重ねるか、或《ある》いは風属性等の補助言語で〈相生《そうせい》〉を加えるかして、火力を底上げする必要がある。

召喚行為単体は、さほど難しくない。

上級位が上級位たる所以《ゆえん》は、その先である。
彼らは――術者に服従しないのだ。
言葉を使うだけなら、誰にだって出来る。
しかし、思いのままに使おうとすると、これが途轍《とてつ》もなく困難になる。
召喚の難と制御の難、その二重苦を背負わねば叶《かな》わない。
そして今。
少年が殺気に等しい集中力で、綴《つづ》っている呪文。
その語数や種類を目の当《ま》たり《あ》にして、雪音《ゆきね》は正気を失いかける。
術者の保護呪文、使役を強制する制御術式。
無数の結界に、万が一の保険である自爆消滅……と枚挙に暇《いとま》がない。
つまるところ。
使役対象は、病的なまでに最悪の可能性を想定しても。
それが気休め程度にしかならない存在、ということになる。
「よし、術式の首尾は上々っと」
蒼生《あおい》が立ち上がった。
「悪いな、待たせちまって」
雪音は、足元に広がる幾何学模様を見た。

綺麗《きれい》だ、と感じた。

言葉が、世界を過不足なく床に繋《つな》ぎ止めていた。

「この術式……もしかして、〈狂典の詞徒〉を召喚するつもり？」

又の名を、血濡《ぬ》れ字引。或《ある》いは、悪魔の中の悪魔。

召喚相手が、アニマの中でも最凶にして最上位であることに、雪音は総毛立つ。

「核言語の六芒星陣《ペンタクル》が三つも……こんなの聞いたこと無いわ……」

術式の中心には、金・土・火の三属性が並んでいた。

心臓が三つ。

そこへ同時に命を吹き込むなど、冗談にも程がある。

「実質的には、同時に三体の上級位アニマを召喚することになる。一人じゃキツイが……俺よりも呪力があるお前の力も合わせれば、間に合わせられる」

少年の正気も、ここまでくると、狂気と大差がない。

「詠唱は術式を見ての通りだ。一緒に、ゆっくり声を合わせるぞ」

「そんないきなり……」

「大丈夫だ。お前なら出来る。『練習なんて必要ない』が口癖だろ？」

挑発的な、勝機と自信に裏打ちされた蒼生の態度に。

雪音の足が、踏ん張りを取り戻す。

練習なんて必要ない。少女は自らの過去に言い聞かせる。

『練習を本番のように、本番を練習のように』は、本番と練習の区別に甘えた心構え。

いつだって、練習も本番もない。そう思って、地道に続けて来た努力だ。

「大丈夫……準備は出来てる。あなたこそ、足引っ張らないでね」

「いいぜ、その意気だ。じゃあ、始めるぞ」

少年は、小刀を親指の腹にあてがう。

波打つ白刃が線を引き、鮮血が滴る。

アニマと術者を繋《つな》ぐ、紅《くれない》の質量が。

一滴、また一滴と重力に身を委ねる。

術式から光の筋が四散し、静寂を穿《うが》った。


「In principio erat Verbum《太初に言あり、》 et Verbum erat apud Deum《言は神と偕にあり、》 et Deus erat Verbum《言は神なりき》――」

「Au commencement était le Verbe, et le Verbe était auprès de Dieu, et le Verbe était Dieu――」


二人は詠唱を重ねた。

韻律が、召喚陣の末梢に行き渡る。

どこからともなく風が起こり、術式の上に集い始めた。

「In lui era la vita e la vita era la luce degli uomini; la luce splende nelle tenebre e le tenebre non l'hanno vinta――」

「ἐν αὐτῷ ζωὴ ἦν, καὶ ἡ ζωὴ ἦν τὸ φῶς τῶν ἀνθρώπων. καὶ τὸ φῶς ἐν τῇ σκοτίᾳ φαίνει, καὶ ἡ σκοτία αὐτὸ οὐ κατέλαβεν.《之に生命あり、この生命は人の光なりき。光は暗黒に照る、而して暗黒は之を悟らざりき》――」

二人は次々と言語を変え、文面に意識を加速させる。

文字列が宙に枝を伸ばし、絡み合う。

「――我は汝《なんじ》を召喚す。我が求めに応じ可視の姿となり、従順として我に語れ」

混沌《こんとん》から秩序へ。

爪先から足、続いて胴に頭と。言葉は下から順に、質量を編み込んでいく。

生え出た骨を、筋繊維が囲い、皮膚が覆って、毛が茂る。

――あれは……犬？

凝縮する霊気の中に、雪音《ゆきね》はその姿を見た。

隆々とした体躯《たいく》。強靭《きょうじん》さの滲《にじ》み出た細い顎。

「――玉座の詞徒《しと》に奉る。修辞の中の修辞、侯爵の中の侯爵、死の埋火《うずみび》より言の葉のしるべに依《よ》りて従い、我が元に顕現せよ！」

結ぶと同時に、それは完全な姿を地に着けた。

一匹の黒犬。

その巨体が悠然と構えていた。

「汝《なんじ》の名は？」

蒼生《あおい》は問いかける。

「――我が名はナベリウス」

答える声があった。光を蝕《むしば》むような、重低音の軋轢《あつれき》。

「よし、ナベリウス。これより汝は契約に基づき、我が従僕としての務めを――」

「誰に向かって口利いてんだ、この小便ガキ」

獣《けもの》の咆哮《ほうこう》が、蒼生の言葉を掻《か》き消した。

隣で、雪音《ゆきね》が短い悲鳴をあげる。

それでも、蒼生はたじろがない。

「おいコラ、俺様をこんな黴臭《かびくさ》くて陰気な部屋に呼び出した野郎は、どこのどいつだ」

寝起きさながらに、怒鳴り散らす犬のアニマ。

野太い声が、壁を伝って反響する。

「ナベリウス、汝《なんじ》を召喚したのは他でも無い。この――」

「ガキに用はねえ。チビる前にとっとと失《う》せろ！　それより召喚主はどこに隠れている？　さっさと連れてこないと――ん？」

犬は、息を殺している雪音《ゆきね》を見やる。

「何だ、この貧乳娘。もうちっと育てるところ育ててから出直してきな。それじゃ、喰《く》った所で腹の足しにならん」

アニマから、本日二度目の貧乳を頂戴した雪音だが。

獣《けもの》を前には、怒りの感情すら忘却の彼方《かなた》である。

一方の蒼生《あおい》は、聞く耳を持たない犬へ苛立《いらだ》ちを覚えていた。

しかし、ここで事を荒だてては、かえって逆効果。何より、一連の召喚術式は終わっていない。真名《まな》をナベリウスと確認したまではいいが、主従の証《あか》しともいうべき名前の交換がまだだった。

「ナベリウス。わざわざ呼び出して済まない。実は折り入って頼みがある」

蒼生は、雪音とアニマの間に躰《からだ》を入れる。

後ろ手にそっと彼女の腕《うで》を握って、小声で伝える。

「落ち着け。俺が良いと言うまで、動かないでじっとしてろ」

答える代わりに、雪音の冷えた手が握り返してきた。

「汝を召喚したのは、この俺だ」

「……ああ？」

獣の眼光が迸《ほとばし》り、口角が急激に切れ上がった。

「寝言は寝て言え、このガキ。殺されたいか！」

憤った獣は、腕を一閃《いっせん》させた。

すると、防御用の光膜がひび割れ、砕け散った。

蒼生の腕に、雪音の握る力が増す。

「チッ、保護呪文か！　小細工を弄《ろう》しやがって！」

獣はけたたましい咆哮《ほうこう》を上げ、今度は突進してきた。

迫る黒い死に、雪音は目を瞑《つぶ》る。

が、獣の頭は透明な仕切り板に弾《はじ》かれ、行き先を塞がれた。

「ほう、俺様が突き破れないとは、中々の手練《てだ》れと見える」

悔しさを含みながらも、その瞳《ひとみ》は炯々《けいけい》と蒼生の命に焦点を絞っている。

気が抜けない。

そして何より、相手はこちらの話を聞く素振りを見せない。

不味《まず》いな、と蒼生《あおい》は舌打ちする。こんな所で呑気《のんき》に戯れている時間は無い。

ここは、強硬手段だ。

蒼生は手を翳《かざ》し、制御術式を起動させる。

「――〈聖ペテロの逆磔十字《クローチェ＝ディ＝サン＝ピエトロ》〉」

光芒一閃《こうぼういっせん》。鋭利な土の十字架が獣《けもの》の四肢から浮き出て、体を貫いた。

「グオオオッ!?」

「手荒で悪いが、こちらには時間が無い。さっさと俺に従え、ナベリウス」

「っ、このガキッ！」

獣の瞳孔はしかし、更なる激痛に余儀なく開かれることとなる。

ブシュッ！

痛々しい音がもう一つ、獣の脇から産声《うぶごえ》を上げた。

「――っ、クソが！　その肉片、一つ残さず食い散らしてやる！」

アニマの脅《おど》しにも、少年は顔色一つ変えない。それどころか、

「分からないようなら、次はその眼球に見舞ってやるが？」

と、強気な姿勢を崩さない。

――この少年は本気でやりかねない。

犬はそう感じていた。

これまで伊達《だて》に酷使されていない。

犬は、確かな経験則から、この少年を只者《ただもの》ではないと悟った。

人間という輩《やから》は押《お》し並《な》べて、「構ってちゃん」である。

視線、息遣い、表情筋は勿論《もちろん》。腕《うで》や足の動作、服の色やその着こなしに至るまで。

外から眺めれば、実に人間はお喋《しゃべ》りだ。

言葉は、口から出るだけではない。

人間の体、存在そのものが言葉とさえ言えるだろう。

ヒトは何かを発信せねば、孤独に耐えられない生き物だ。

――だからこそ、観察していて飽きないのだが。

この上級位アニマは、少年が発する数多《あまた》の信号、もとい、彼の人となりを示す言葉の断片を丁寧に拾って、この僅かな時間にもおおよその人物像を構築していた。

そして結論は。

――ああ、本当に。

癪《しゃく》に障ることこの上ないが、認めざるを得なかった。

ハッタリではなく、本当にこの少年が自分を召喚したのだ、と理解した。

と同時に。

──これはこれは、ご愁傷さま。

犬は、少年の哀れな末路を鼻で笑った。

暗がりのせいで、少年の顔はよく見えない。それでも、冷静を保とうと力んだ息遣い、瞳孔の開き具合から、それは容易に想像が出来た。

金太郎飴《きんたろうあめ》のように量産される、ありきたりなお涙頂戴話である。

いつのご時世、どの大陸にあっても、この手の輩《やから》は絶えることを知らない。

──殺された友人への復讐《ふくしゅう》、といったところか。

犬は同情とやるせなさに、首を振った。

実際に振っては、危なっかしい少年に眼球を潰されかねないので、心の内に留《とど》めたが。

──ん？

アニマは首を傾《かし》げた。

感情を漏らすまいと努める、少年の瞳《ひとみ》。その奥に、もう一つ。

目下の復讐とは比較にならない、大きな影が蠢《うごめ》いている。

──ほう、中々でっかいものを飼ってるな、このガキ。

前言撤回。犬は幾らか少年を見直した。

「おい、小便ガ──いや、我が主様よ。名を何という？」

犬は訊《たず》ねる。
危うく口が滑りかけたが、何とか立て直した。
「蒼生《あおい》＝カレン＝ブラッドフォード」
「何だと？」
思いもよらない名前に、異形《いぎょう》の息が止まる。
聞き違えようもなかった。獣《けもの》だけに、聴覚にはそれなりの自信がある。
――いやいや。まさか、な。
とってつけた冗談だろう、と獣は思う。
「おいガキ、もう少しこっちに寄れ。小便臭《くさ》いその顔を拝ませろ」
言ったそばから、犬は後悔した。
驚きのあまり、また悪い口癖が出てしまった。
眼球に走るであろう激痛に備え、爪先に力を込める。
が、少年は素直にも要求に応じてみせた。
――チッ。もう一歩踏み出してくれりゃ、その頭に喰《く》らいついてやれるんだがな。
舌打ちをする犬はしかし。
そんな野暮《やぼ》ったい感情を、すぐに忘れてしまった。
差し込んだ月明かりが照らす、少年の顔。

亜麻色が交じる、癖のある黒髪。
芯の強そうな、それでいて、どこか儚《はかな》げな目元。
ノスタルジックなんていう人間臭《くさ》い懐古趣味とは、金輪際無縁だと思っていたが。
これぱかりは、流石《さすが》に心臓が高鳴った。
――ああ、なんてことだよシルヴィ。
英雄と謳《うた》われた、女性聖語騎士《せいごきし》。
その蠱惑的《こわくてき》な美貌が、少年に重なるようだった。
――ははっ。姉弟そろって俺様をボロ雑巾みたいに扱いやがって。
朱美《あけみ》＝シルヴィア＝ブラッドフォード。
自らが、地獄の果てまで付き添うと誓った女の。
どうしようもなく瓜二《うりふた》つな忘れものが、今。
犬の目の前に立っていた。

第四章　―闇夜の追跡―

1

――修辞学、って知っていますか？
蒼生《あおい》の記憶。
姉が、最後の船出をする前夜のこと。
――日本語だと響きが硬いですかね。〈迂闊《うかつ》な福音〉では〈レトリック〉と言います。
小さかった蒼生は、曖昧《あいまい》に頷《うなず》いてみせた。
姉は二十二歳で蒼生は十二歳。
記憶は五年の月日を感じさせぬほど、鮮明に残っている。
あの時は、レトリックと言葉遊びの違いが、よく分からなかった。
――言葉はね。女の子と同じで着飾るのが得意なんですよ。
優しく笑う姉が、どこか遠くへいってしまうように、感じられた。
――ナベリウス。わたしがずっと頼りにしてきたアニマです。
馴染《なじ》みの無い名前だった。
――もしもの時の為《ため》に、彼をあなたに委ねておきます。
そのもしもが何を意味するのかは、考えないようにした。

——彼は修辞が得意です。だから、惑わされないように気をつけること。わたしも一度喰《く》われかけたことがあります。『着飾る故に、聞かざる』。ちょっと嫌味《いやみ》たらしい困ったちゃんですが、実際は淋《さび》しがりな可愛《かわい》らしいワンコですよ。

ナベリウス、という名を蒼生《あおい》は忘れないようにした。

——明日から、また西欧に向かいます。ええ、聖語騎士《せいごきし》としての大事な仕事です。でも、姉《ねえ》さんの仲間たちは皆優秀ですから心配は要りません。

姉にしては珍しく、語尾がぼやけていた。

——万一に備えてです。いいですか、そのアニマを呼び出すには、条件があります。それを守らないと、いくら姉さんでも怒ってしまいますよ。

条件って、と蒼生は問い返した。

——それは、「自分を大切に想《おも》ってくれる人を、何としても守り抜きたいとき」です。

姉の体温が、中途半端に温かかった。

——それでは、これを。

姉が渡してきたのは。

表面が剥《は》げかかった、黒革張りの日記帳だった。

——その時になったら、開いてくださいね。

そう言って、姉は得意の修辞で本心を誤魔化《ごまか》した。

――でも、なるべくなら。開く時が訪れないように、と姉さんは願います。

蒼生は抱きしめられた。

その温度《ぬくもり》が、明くる朝には消えていた。

「殺された友人の復讐《ふくしゅう》をしたいんだな？」

鼓膜を揺らす獣《けもの》の声。

断片的な記憶から、蒼生は現実に戻される。

「……え？」

犬の言葉を反芻《はんすう》し、思わず声が漏れた。

「どうして分かった、って顔してるな。じゃあ、その腑《ふ》抜けた面を鏡の前で見ることだ。誰かを殺してやりたくて堪《たま》らない、って目をしてるぜ。俺様は嫌いじゃねえが」

そうなのだろうか、と蒼生は思った。

「自分じゃ気が付かねえよ。復讐に駆られた輩《やから》は特にな」

獣は続ける。

「俺様も、色んな国の戦場に呼び出されては、見返りも無く汚れ仕事を押し付けられてきたがな。報復してやろうなんて考えに取り憑《つ》かれた人間は、大抵が報われん。非業《ひごう》の死を遂げた先輩の遺言には耳を貸すもんだぜ」

獣《けもの》の双眸《そうぼう》が悲哀を帯びた。

「悪い事は言わねえ。復讐《ふくしゅう》なんて止《や》めとき――」

「ナベリウス、お前の主はこの俺だ。アニマ風情が御託を並べ立てるな」

獣の忠告を振り切る蒼生《あおい》。

何を隠そう、相手は上級位のアニマだ。聖人面を構えた裏で、どれ程血生臭《ちなまぐさ》い企てを行っているか知れたものではない。安易に口車に乗せられては、首がいくつあっても足りはしないのだ。

少年は探り合いに気を引き締めた。

――おいおいシルヴィ、弟の躾《しつけ》がなってねえぞ。

犬は、かつての主に愚痴をかます。

しかしこれはこれで分かり易《やす》い、ともアニマは思った。

「ケッ、俺様を従えたつもりか？」

「自分の置かれた状況を理解できないのか？　上級位の気高《けだか》き霊とは過褒《かほう》も大概だな。犬は犬らしく、首輪を嵌《は》められて尻尾《しっぽ》でも振っていろ」

「ああ？　テメエ、何様のつもりだ――っと危ねえ!?」

業腹《ごうはら》に耐えかねた犬は、仰《の》け反《ぞ》る。

またも、制御術式が起動しかけたからだ。

――口が悪いのはお互い様としても、動物虐待が過ぎるだろうが。

体に編み込まれた土属性のイタリア語術式を見て、犬は唸《うな》る。

「おいコラ、そこの小娘。お前さんのアモーレの前戯が、ちと強引すぎるんだが？」

犬は助けを求める。

咄嗟《とっさ》にイタリア語に翻訳したのは、我ながら粋だと犬は思った。

「――んあ？」

犬はそこで、雪音《ゆきね》の姿に目を留める。

――いや、まさかな。仮にそうだとしたら、出来過ぎだが。

「おい、お前さんの名は？」

アニマは念のため、訊《たず》ねることにした。

「……雪音よ。氷乃華《ひのはな》雪音」

――何てこった。

犬は天を仰いだ。

第九師団で、朱美《あけみ》と双璧を成した男の宝物が。

よりにもよって、このガキの隣に居合わせているなんて。

「冬牙《とうが》の妹って訳か。兄貴みたいに血色悪そうな色白娘だな」

「どうして兄さんを知ってるの？」

「知ってるもなにも、俺様は第九師団であの野郎と寝食を共にしてきたからな」

「ねえカレン、このアニマって一体……」

「ナベリウス。姉《ねえ》さんが右腕《うで》としていた上級アニマだ」

「シルヴィは左利きだったがな」

獣《けもの》は揚げ足をとる。

「とまあ、ガキどもとの会話も程ほどにして。さあ、シルヴィはどこだ？　いるんだろう、この屋敷に」

さっさと主賓をよこせ、と犬は催促する。

その言葉に、蒼生《あおい》は驚きを隠せない。

――こいつは、姉さんのことを知らないのか。

蒼生はふと、雪音《ゆきね》の方を窺《うかが》った。

彼女の物言いたげな視線とぶつかる。

「おいおいどうした。二人してだんまりをきめこみやがって」

犬はケラケラと嗤《わら》う。

一方、蒼生と雪音の表情は陰り始める。

「姉さんは……ここにはいない」

蒼生は俯《うつむ》き加減に呟《つぶや》いた。

予想以上に唇が震えるので、悟られまいと結果的に小声になった。

その異変を、目ざとい獣は見逃さない。

――何か隠してるな、このガキ。

犬にとって、それは確信的な直感だった。

ここではないどこか、に姉がいる。

そんな希望を捨てきれない、少年の口ぶり。

獣の頭の隅を、嫌な予感が駆け抜けた。

と同時に。何よりも肝心なことを、自分が把握していないのに気が付いた。

「おい待て、そこの小娘！　今は西暦何年だ⁉」

「に……２２２０年よ」

「……何っ⁉」

獣は自らの愚かさを呪った。

足元の床に、禍々《まがまが》しい霊気がヒビを作る。

「ナベリウス、下手《へた》に動くな」

蒼生が牽制《けんせい》するよりも早く、

「おい、ガキ。一つだけ質問に答えろ」

狂犬は喉《のど》を鳴らして問う。

「……一体、シルヴィに何があった？」

「姉《ねえ》さんは――」

少年は一旦言葉を切ると、

「姉さんは国家の命に背き、仲間を皆殺しにして身を隠した」

獣《けもの》の眼《め》が驚きに見開かれた。

「そしてお前を俺に託した。彼女を主と慕うなら、その意志に応え力を貸してみせろ」

サヤネ先生程では無いにしても。

我ながら酷《ひど》い三文芝居だ、と蒼生《あおい》は感じた。

カロリーナを殺した人間が、のうのうと生きているのが許せない。

本当はそんな個人的な感情で動いているだけ。

それでも、獣を手懐《てなず》ける為《ため》には、これがもっとも効果的な文句だと踏んだ。

目的の為、手段は選ばない。

図らずも、模範的な聖語騎士《せいごきし》像に近づいたのを自嘲《じちょう》しながら。

少年は、姉の右腕《うで》だった獣がどう答えるのかを。

じっと息を潜めて待った。

2

「で、俺様に何をしろと？」

十分後。

犬は、改まって主に訊《たず》ねていた。

「学院に忍び込め。そして現場からリーナの匂《にお》いを追跡するんだ」

「学院っていうと、あのシルヴィ学院か？」

「シルヴィウス学院だ」

「細《こま》けえ男だな。あの腐れエリート工場はどの道、シルヴィぐらいしかロクな人材を出してねえだろ」

犬は鼻を鳴らすと、

「んで、主様かっこ仮、よ。忍び込んで、敵の居場所を嗅ぎつけたらどうすんだ？」

「聞くまでも無いだろ、ナベリウス？」

「始まったぜ。聖語騎士様は手を汚さねえってか」

すると、犬の霊は真面目《まじめ》な顔つきで、

「しかし、学院に忍び込むのは難儀だぞ。あそこには、俺様みたいなエリート中のエリートアニマを寄せ付けない結界が張られているからな」

口では聖語騎士エリート社会を散々に侮辱してみせる犬だが。

自らがエリートアニマであることには、譲れない矜持《きょうじ》があるらしい。

「安心しろ。十九時に、その結界の一部が解かれる手筈《てはず》になっている」

「手回しは済んでいるってか。流石《さすが》は、シルヴィの弟だな」

「七時きっかりだ。早すぎても遅すぎても失敗する。やれるか、ナベリウス？」

「ハッ、俺様を誰だと思ってるんだ？」

その返事を聞いて、蒼生《あおい》は心強さに口の端を上げる。

「そろそろ出発だな」

獣《けもの》は喉《のど》を震わせ、爪を立てた。


結局、獣は蒼生に与《くみ》することに決めた。

本音から言えば。小童《こわつぱ》に顎で使われるのには抵抗感があった。

自分は誇り高き悪魔の位階であり、それなりの覚悟で向こうから頭を下げてくるようでないと勘定が合わない。

これはあくまで、悪魔としての持論だが。

アニマを使い勝手のいい霊魂と見なすのは、人間の傲慢である。

喰《く》うか、喰われるか。主従関係とは本来、弱肉強食であって然《しか》るべき。

だから犬はまず、自らを使役せんと欲す人物が、それに足りうる器か否《いな》かを問うことに決めていた。そして、蒼生への第一印象は。

――最っっっ低だ。
召喚直後に十字架の槍《やり》を見舞われるのは、数千年にして初体験だった。
――それも五本もだ、クソが。
アニマは使役主を選べない。
人間様のご都合主義な呼びかけに、洋の東西を問わず躰《からだ》ごと飛ばされる。
使い捨ての接待は慣れっこ、今更驚くことでもない。
中でも今回の召喚主は、勘違いの甚だしさにかけては指折りである。
だが、獣の頭はそれどころではなかった。
――わたしに何かあったら、その時は弟に従って下さいね。
いつしかそう頼んできた朱美《あけみ》は。
国禁を犯して、行方不明だというではないか。
犬は悟った。
ああ、あれは主の最後の言葉だったのだ、と。
そうかと思えば、次に目に飛び込んできたのは手荒な弟、という寸法だった。
五年の空白があるなど、気付く方が難しい。
シルヴィに一体何があったのか。
敵国を血で染めようと、仲間だけは守り通してきた彼女だ。

それが、自らの麾下《きか》――あろうことか恋仲にある氷乃華冬冴《ひのはなとうが》さえも――手にかけたと蒼生《あおい》から知らされ、アニマは気が狂いそうになった。

「姉の優しさに感謝するこったな」

嫌々ながらにそう零《こぼ》して、獣《けもの》は蒼生に服従の意を示した。

「その代わり、仕事が済んだらシルヴィの事を詳しく訊《き》かせろ」

それで手打ち。

気乗りのしない獣は、成り行きで蒼生の犬となった。

「あれが学院だな。不夜城よろしく煌々《こうこう》と灯《あか》りを撒き散らしやがって」

蒼生と雪音《ゆきね》はバルコニーに出ていた。

図書室から螺旋《らせん》階段を上ること六階分、犬が早速に文句をつける。

「寝ずに仕事してます、ってか。カッ、聖語騎士《せいごきし》様様だなこの国は！」

「三階に教室がある。窓に結界の欠陥ができる予定だ。あとは指示通りに」

「取りあえず了解」

犬はふてぶてしく、首を市街地へと向けた。

上空には、分厚い雲が垂れ込め始めている。

「ナベリウス、俺と視界を共有しろ」

蒼生に命じられ、獣はあからさまな不快感を示すが。

「早くしろ」

急《せ》かされ、否《いな》、制御術式に脅《おど》されるので、犬は嫌々に観念する。

蒼生の右目に借り物の視界が重なり、眼下の夜景が段違いに迫った。

青白い光が溢《あふ》れ出す幼馴染《おさななじ》みの目を、雪音は不思議な思いで見つめる。

「じゃあ、ちょちょっと済ませて来るか」

犬は柵に飛び乗ると、鷲《わし》へと姿を変えた。

上級位アニマ特有の変身。

悪魔が宙に舞うや、蒼生が疲労感をあらわにする。

「やっと、行ったか」

「あれが、朱美《あけみ》さんの使い魔なのね」

「ああ。口は悪いが実力は疑いようもなく最上級だ。その気になればいつだって俺を殺せただろう。さっきだって、結構ぎりぎりだった」

「わたし、ナベリウスってアニマの名を聞いたことが無いのだけど……」

「〈悪魔の奥義書《グリモワール》〉くらいでしかその名で記されていないからな。でも、これなら聞いたことがあるんじゃないか。ギリシア神話で冥界の門番を務める三つ頭の犬、と言えば？」

「あれが、ケルベロスだって言うの？」

雪音《ゆきね》は俄《にわ》かには信じられなかった。

「さあ、始まりだ」

意気込む蒼生《あおい》。

その合図に、雪音は改めて身の締まる思いがした。

3

耳元で風が悲鳴を上げる。

「久し振りだぜ、この感触」

鳥に姿を変えた獣《けもの》は、高揚感に浸っていた。

足元に輝きを放つ、支配者面した人間の街灯《あか》り。

それが小さくなるのを眺めるのは、いつだって爽快極まりない。

「何が東洋の盟主国家だ、聖語騎士《せいごきし》どもめ。ひと吹きで消えちまいそうじゃねえか」

獣は一匹高笑い。

それも束《つか》の間《ま》。意識の対岸から、主のため息が聞こえてきた。

「一人油を売ってないでとっとと侵入しろ、一分後だぞ」

「ったく、人の愚痴に耳をそばだててんじゃねえ」

悪態をつきながら、鳥は旋回する。

蒼生は図書室で、浮遊させた水の鏡に、自らの視界を投影していた。

映し出された景色を、雪音は隣で見守る。

「さあ、そろそろだぞ。場所は分かるな？」

「俺様の目には結界が見えてるからな。お、言ってる側《そば》から一か所だけ弱まり始めたぞ」

「よし、そこから侵入しろ」

「言われなくとも、そうしてる」

学院の姿が矢の如《ごと》く迫る。

蒼生は部屋の時計を確認した。残り十秒……九……八……

異形《いぎょう》は弾丸のように身を縮め、窓へと狙いを絞る。

三……二……一……十九時丁度。

「っと！　侵入成功。中々に格好良かっただろう、あ？」

「お前は口数が多すぎる。ここから先は物音一つが命取りになるぞ」

「何つーか、ジメジメした教室だな。机の中に置き勉一つしないなんて、どこの進学校なんだこの学校は。おっと、けっこう女の子の匂《にお》いで満たされてるな。カカッ、こんな環境じゃ性欲そそられて勉強どころじゃ無いだろ、ご主人様よ」

「いいからさっさと、そこを出てくれ」

「待ってくれ、この子の机は中々に俺様好みの匂いがするぞ。椅子《いす》の方は、っと……グアッ!?」

夜中の学校に忍び込んだ挙げ句、女子生徒の机を嗅ぎ始めた鷲《わし》が一匹。

その首に、湧き出した鎖が巻き付き、ギリギリと捩《ね》じ上げる。

「遊びも大概にしないと、息の根を止めるぞ」

「もう今すぐにでも殺しちゃいなさいよ、こんなド変態ワンコ！」

アニマの耳に雪音《ゆきね》の叫び声が聞こえて来た。

「……ワガッタ……モウシネエ……」

鎖が喉《のど》に食い込んでくるので、獣《けもの》は降参する。

「教室を出たら回廊を真《ま》っ直《す》ぐ進め。そして突き当たりを右に折れたら、今度は左。その後に大理石の階段を降りて、斜め右のドアを開いてそのまま直進だ」

「だあ、もう一気に喋《しゃべ》んなこのガキ！　覚えられるわけねえだろうが！」

「大声で喚《わめ》くな、勘付かれる！」

「だったら、もうちっとマシな案内をしろ！」

教室で、使役主と揉《も》めた後。

教室を出たアニマは、ランプに照らされた赤絨毯《じゅうたん》の上を進む。

「しっかし、長《なげ》えな。方向音痴の俺様なら、教室探しだけで授業が終わっちまうぞ」

「そこの通路を左に折れたらすぐだ」

「んじゃあ、ここを左に――――っと!?」

獣が泡を喰《く》ったのと、蒼生《あおい》と雪音が叫びかかったのが、ほぼ同時だった。

曲がった先で、人影に出くわしたのだ。

蒼生の視界が、絨毯に接するほど低くなる。

使い魔は、反射的に小動物へと姿を変えていた。

「あれは……」

回廊を歩いて来る人影に見覚えがあるので、蒼生は眉《まゆ》を寄せる。

眼鏡《めがね》をかけたブロンドの女性聖語騎士《せいごきし》――サヤネ先生だ。

「不味《まず》い。あの女に見られたかも知れねえ。どうする、殺《や》るか？」

「駄目だ。彼女はこちらの協力者だ」

「じゃあ、このまま進んでいいな？」

「なるべく気づかれないように進めよ」

「安心しろ。今のあの女の目には、俺様はただのゴキブリにしか見えねえ」

「きゃっ、ゴキブリッ!?」

アニマの耳に雪音の悲鳴。

カサカサと這《は》って進んでいくアニマは、気づかれることなくすれ違った。

が、その瞬間。サヤネの目が、こちらに焦点をずらした。

「げっ」アニマが硬直する。

しかし彼女は、瞳《ひとみ》を一瞬曇らせただけで。

いつもの仏頂面で、軍靴を鳴らして廊下を進んでいった。

「おい、何なんだあの女。ゴキブリだからだ、ゴキブリでも見るような蔑《さげす》みの視線を寄越《よこ》しやがって」

それはお前がゴキブリだからだ、と。

蒼生《あおい》は突っ込みかけたが、何とか抑えた。


実技審査の会場は、不気味な静寂に包まれていた。

「ここか。カロリーナとかいう小娘が喰《く》われたのは」

鷲《わし》へと姿を戻し、アニマは暗がりに飛び降りる。

「頭から上半身を一口ってとこか。加えてこの焦げ跡。確か上級位の召喚に失敗したって言ってたな？　これだけの焔《ほのお》を吐けるのは、恐らくイフリートか」

「その通りだ」短く答える蒼生。

「どうしてすぐに分かったの？」と雪音《ゆきね》。

「俺様ら上級位同士は、戦場でよく鉢合わせしてるからな。互いの手の内や性格はある程度把握している。あの野郎は食欲の権化《ごんげ》で、おまけにとんだコミュ障だ。術者の言うことも聞かねえし、俺様みたいに機知に富んだ冗談の一つも飛ばせねえ」

犬の冗談が機知に富んでいるかどうかはさておき。

かの焔獣《えんじゅう》の獰猛《どうもう》さについては、蒼生も賛成だった。

「カロリーナって子には悪いが、あれを召喚しちまったのが運の尽きさ」

「よし、匂《にお》いは残ってるな？　そのまま追跡してくれ！」

「そう急《せ》かすな。いい女と違って、匂いはそうそうすぐには離れて行かねえよ」

犬は言うと、

「ところで、そのカロリーナとやらが〈傀儡秘抄《ネウロパストウム》〉にかけられたのはいつからだ？」

「それは……分からない」

蒼生は素直に頭《かぶり》を振る。

そもそもカロリーナの体には、どの時点で傀儡《くぐつ》呪文が刻まれていたのか。

今日の朝か、それとも、もっとずっと前に――――

蒼生は、改めて歯の根が合わなくなるのを感じた。

――あの時のリーナは、本当にリーナだったのか？

学院の中ならまだしも。

外で触れた彼女の言動が既に、誰かに操られた紛《まが》い物であったとしたら。

その境界が、果てしなく過去を遡るようで。

敵への恐怖と殺意が混ざり、胃の底が冷たくなった。

「主さんよ。もう一つ聞きてえんだが」

獣《けもの》は強張《こわば》った声で、

「彼女は、お前さんとこの家にお邪魔《じゃま》してたのか？」

「ああ。昨日までずっと、この部屋で特訓してたからな。それがどうした？」

「ならいいんだが。いや何、さっきお前さんの屋敷でも、同じ匂《にお》いを嗅いだんでな」

気のせいか。

獣がそう答えるまでに。

若干の間が生じたように、蒼生《あおい》には思えた。

「ナベリウス、そのまま辿《たど》ってくれ」

命令を受け、獣は広間を後にした。


「……ん？」

学院の門を掻《か》い潜《くぐ》って間もなく、アニマは不意に立ち止まった。

気がかりな要素など欠片《かけら》も無い、正門前の広場だった。

「おい、どうしたんだ？」

「こいつはちと、おかしいぞ」

何事かと問う主に、首を捻《ひね》るナベリウス。

「確認なんだが、お前さんは今朝カロリーナと一緒に登校したって言ってたよな？」

なぜ今になってそんなことを聞くのか。

訝《いぶか》しみつつ、「それがどうしたんだ？」と蒼生。

「いや、な。カロリーナの匂いがここで分かれているのさ」

「何だって？」

「言ったままだ。彼女の匂いは確かにお前さんの屋敷に向かって続いている。だから、お前さんと一緒に学院に登校してきたのは事実だ。とまあ、ここまではいいんだが」

黒犬はもったいぶった物言いで、

「お前さんの屋敷とは反対の方向にも匂いが続いている」

「えっ」雪音《ゆきね》の顔が揺れ動く。

「本当か!?」それは蒼生も同じだった。

が、犬の声色には不可解の色が濃かった。

次の台詞《せりふ》が届く前に、蒼生の胸は嫌な予感にざわつく。

「だが問題は――それらが二つとも、同時刻の匂いだってことだ」

「なっ……馬鹿言え、もっとよく確認しろ！」

蒼生は浮き足立つ。

「言われなくとも確認している。けど、俺様の鼻は間違っちゃいねえ」

「別の日付けの匂《にお》いじゃないのか!? それなら……」

「何度も言わせるな。どっちも今朝の同時刻だ。昨日までの匂いは、残念ながら雨で流れちまってる。今朝のだって、もうかなり溶けかかってるけどな」

「そんな……ありえないだろ……」

蒼生《あおい》は絶句した。

確かに今朝、自分はリーナ本人と登校した。

それが、見間違いであるはずがない。

しかし、この獣《けもの》の証言が意味するところは。

「ああ、俺様もちょぃと薄気味悪くなってきたぜ」

蒼生の心中を察してか、ナベリウスの重低音が震える。

「――これだと、カロリーナが同時刻に二つの場所から登校してきたみてえじゃねえか」

4

ナベリウスの報告によれば。

反対側の匂いは、そのまま東に続いているという事だった。

蒼生は、学院近辺の地図を思い浮かべる。

学院から西に十分ほど、ブラッドフォード邸の鎮座する赤坂《あかさか》地区。

そこから更に西へ歩くと、神宮御苑《じんぐうぎょえん》にぶつかる。

蒼生自身、カロリーナの家に行った事は無かった。それでも、彼女の家が神宮の森の近くであることは知っていた。北欧から移住してきた家系。学院を挟んで西側の住宅街は言うなれば、この国へと移住して歴史が浅い家柄の集まる土地だ。

一方で、学院の東側。

銀座《ぎんざ》や有楽町《ゆうらくちょう》、日本橋《にほんばし》は、日本人としての血筋を持った家系が多い。雪音《ゆきね》の氷乃華《ひのはな》邸は銀座の一等地に構え、学院を牛耳《ぎゅうじ》る名家は、ほぼこの一帯に軒を連ねている。

話を戻して、蒼生はというと。

匂いが東側に続いている点が、不可解だった。

カロリーナは、今朝自分と一緒に登校しているのだ。

常識的に考えて、同時刻の東側に、彼女の匂いなどありはしない。

それでも、使い魔の報告が出鱈目《でたらめ》とも思えなかった。

少年はまず、獣に東側から探索するように命じた。

「一体どういう事だ？」

蒼生は頭を悩ませながら、図書室をうろうろしていた。

「敵が東側から、そして操られたカロリーナさんが西側から、二人同時に登校したっていうなら筋が通るんじゃない？」

雪音《ゆきね》が言う。

「考えてみたんだけど。敵がカロリーナさんを人形に仕立てていたなら、何かしらの形で彼女と接触している訳でしょ？ だったら、その敵に彼女の匂《にお》いが染みついてもおかしくはないんじゃないの？ 〈傀儡秘抄《ネウロパストウム》〉が遠隔操作可能なら、匂いが同時刻に分かれている理由も説明できるわよね？」

「でも、だとしたら。どうして敵は、逆方向から来るなんて面倒なことをしたんだ？」

「わたし達の追跡を東側に呼び込むのを目論《もくろ》んでる……とか？」

蒼生《あおい》は頭の隅でおや、と思う。

雪音の言う通り、敵がもし、自分や雪音を手にかけようと目論むなら。

こんな手段に訴えずとも、カロリーナを操って容易《たやす》く遂行できたはずだ。

雪音はともかく、自分は彼女と二人きりで召喚練習をこの図書室でしてきたのだ。

でも、しなかった。だとするとどうだ。

今度は、彼女をあの広間で殺してみせた理由が分からない。

それだけが目的なら、敵にとって騒ぎが大きくなるのはリスク。只《ただ》でさえ、自分と雪音はカロリーナと接触し、彼女の人となりを把握している。ならば自分達は、カロリーナの事故死を演出するには、邪魔《じゃま》な観客となりはしまいか。

「くそっ、何がどうなってんだ！」

少年の思考は音《ね》を上げた。


『――おい、主様よ。ちと話がある』

蒼生にアニマが語りかけてくる。

『今、訳あってお前さんの意識だけに直接語りかけている。いいか、氷乃華《ひのはな》の娘にはこの会話を悟られるな。顔には出さず、話す時は意識の中で念じろ。使役主とアニマが思考を共有できるのは知ってるだろ？』

『知っているさ。でも、どうしたんだ急に？』

『東側の匂いの元を辿《たど》ったんだが、その結果を言う前に、改めて確認したいことがある』

借り物の瞳《ひとみ》には、石畳が映っている。

獣《けもの》が下を向いているせいか、地面との距離が近かった。

『匂いの終着点が分かったのか!?　教えてくれ！』

『待て待て、急《せ》かすな。先にこっちの質問に答えろ』

何故《なぜ》か焦《じ》らしにかかる使い魔。

その声は随分と硬直して聞こえた。

『カロリーナは、確かに昨日までずっと、お前の屋敷を訪れていたんだよな?』

『……そうだと言ってるだろう』

『だが、今日は訪れていない。けど、お前さんに彼女の匂《にお》いが微《かす》かに付いているのは、今朝一緒に登校したから。そうだろ?』

『だったら、何か問題でもあるのか?』

『いやな。カロリーナに一番接触してるだろう人間は、話を聞く限りだとお前さんだ。だったら、匂いが一番濃いのはお前さんでないとおかしい――俺様の言いたいことは分かるな?』

蒼生《あおい》の心臓がドクン、と跳ねた。

声にならない空気が舌の上を滑る。

『よせ……どうしてそんなことを聞く……』

『よせ、って言われてもな。俺様はただ、逆算的に質問してみただけのことだ』

逆算、つまり結論ありきの質問。

蒼生の冷静な思考は、勝手にその結論を引き寄せ始める。

『図書室で召喚された時からずっと、引っ掛かってはいたんだ。ただ、学院に忍び込むまで、俺様はそれがカロリーナの匂いとは知らなかったしな。実際、あの部屋にはそこかしこに匂いがあったから、そのせいかとも思った。だが、ようやく裏がとれたんだ』

『回りくどいぞ。要は何だ!?』

蒼生は脳内に叫ぶ。

そうすることで、続きを消したかった。

『カロリーナの匂いが、氷乃華雪音にべったりついていた――ってことだ』

そう、獣《けもの》は言った。

蒼生の視界が、揺れに襲われる。

雪音《ゆきね》にカロリーナの匂いが付いている。

皮肉なことに、辻褄《つじつま》の合う事実だった。

確かに今朝、カロリーナと雪音は同じタイミングで、逆方向から登校していた。

加えてこの三日間。雪音はカロリーナと、接触どころか会話も出来ていない。

けれど、彼女が犯人なら――匂いがついていてもおかしくない。

予期せず浮かび上がった、新たな可能性は。

蒼生の瞳《ひとみ》には、底なしの絶望に映った。

『なあ……嘘《うそ》だろ……？』

『俺様だって、その線は無いだろうと思ったが。けど、物理的証拠だ。お前さんやシルヴィら、聖語騎士《せいごきし》お得意の合理的思考とやらで導けば、犯人はそういうことかもな』

蒼生の瞳には、雪音が映っている。

黒髪の下で、彼女の唇が殺意に裂けたような。

そんな幻像が襲い、足の感覚に奥行きが無くなった。

『――ついでに、俺様の居場所を教えてやる』

アニマは、徐《おもむろ》に視線を上げる。

借り物の瞳《ひとみ》に、それは映り込んだ。

ポツポツと雨粒が落ちる中、蒼生《あおい》は東側の終着点を見届ける。

氷乃華《ひのはな》邸。

篝火《かがりび》に照らされた長屋の表札に。

良く知る苗字《みょうじ》が躍っていた。


「ちょっと、蒼生？　顔色悪いけど大丈夫？」

左目の現実に、覗《のぞ》き込んでくるのは雪音《ゆきね》の姿。

そこへ、右目に映った篝火が爆《は》ぜて、返り血を浴びたように妖しく光る。

動悸《どうき》は収まらない。脇を伝う汗の冷たさに、蒼生は慄然とした。

「どうしたのよ、蒼《あお》――」

「……っ！」

伸びてきた少女の左手を、蒼生は反射的に弾《はじ》いてしまう。

弾いた後で、込めてしまった力の強さを感じた。

雪音は、リーナを殺したりしない。

それは、蒼生自身が一番よく知っている。

「そんなこと、あるわけないだろ……！」

思うが早いか、蒼生は叫んでいた。

叫ぶことで、冷静さを取り戻したかったのかも分からない。

「西側に続く匂《にお》いが、まだ残っているんだ……！」

少年は、残る希望に縋《すが》り付く。

雪音に匂いが付いているという事実は。彼女が犯人でなくとも、敵の作為が何かしら彼女に及んでいることを物語っていた。そう考えると、蒼生は途端に空恐ろしくなる。

「悪い、ちょっと出掛けて来る」

アルビオンを十本ほどポケットに突っ込み、扉へ向かう。

「っ、出掛けるって……あなた一人で、西側の匂いを追跡するつもり？」

「ああ」

「ダメよ、蒼生！　危険すぎるわ！　敵の罠《わな》だったら、どうするのよ!?」

「なら尚更《なおさら》だ。匂いが消えないうちに、早く手がかりを掴《つか》まなきゃいけない」

「だったら、わたしも一緒に行く！」

見かねた雪音《ゆきね》が、蒼生《あおい》の袖《そで》を引き留める。

「お前はここにいてくれ。その方が安全だ」

「どうして⁉　わたしだって戦えるわ！」

「分かってる。けど、お前を守る為《ため》なんだ」

「……わたしじゃ、足手纏《あしでまと》いだって言うの？」

――違う、そうじゃないんだ。

蒼生は心中で弁明せずにはいられない。

隣にあった笑顔が。仕組まれた罠《わな》によって、現実から拭き取られる恐怖。

誰よりも、雪音を信頼しているからこそ。

彼女を失うことへの怖《おそ》れ、その弱さを。

不穏な可能性ごと閉じ込めずには、前に進めそうにないのだ。

「おい、そこの鴉《からす》！　雪音がここから出ないよう見張ってろ！」

蒼生は、サヤネの使い魔に呼びかける。

「許せ、すぐ戻る！」

「蒼生、待っ――――⁉」

少年は腕《うで》を解《ほど》くと。図書室を出て、扉を閉めた。

夜の底が、雨に白んでいた。

蒼生は邸宅を飛び出し、濡《ぬ》れた石段を勢いよく駆け下りる。

『おい、ナベリウス、聞こえるか⁉』

『耳元ででっけえ声出すなバカが。動物の聴力舐《な》めんな、死ね！』

共有した意識に語りかけたつもりが、力んでしまったらしい。

頭を割らんばかりの怒声に、蒼生の平衡感覚が歪《ゆが》む。

『西側の匂《にお》いを追跡してくれ！』

『おい待て。あの小娘が犯人である可能性は疑わねえのか？』

『いいから、西側だ！』

聞き入れない蒼生に、獣《けもの》は声を荒らげる。

『信じられねえ気も分かるが、ちっとは現実に目を向けろ』

『雪音は、そんなことをする奴《やつ》じゃない』

少年は言い切った。

『そこを逆手に取られて、騙《だま》されてたらどうすんだ』

獣の語調がささくれ立つ。

『少しでも可能性がある内は、虱潰《しらみつぶ》しにしてでも疑う方が身の為だ。いいか、最後の最後に信じられるのは、家族や友人でもなく、自分自身でしかねえ。同情、温情、友情、愛情……こんな私情で他人を信じている人間ほど、非情に寝首を掻《か》かれんのがこの世界だ』

『そんなことぐらい、言われなくても分かってる』

『だったら、雪音《ゆきね》がカロリーナを殺さないなんて妄信は捨てておけ。それとも、彼女が犯人でないと断言できる証拠でもあんのか？』

『証拠ならあるさ』

『なら言ってみろ』

『信頼だ』

これを聞いて、獣《けもの》の言葉がふつと熱を帯びた。

『信頼だぁ？　ハッ、そんな大層なモノで結ばれてりゃ、人間なんて遥《はる》か昔に戦争止めてんだ。シルヴィが消えたのも、カロリーナとやらが殺されたのも、人間の言う信頼なんて言葉が、幻想であることの何よりの証拠じゃねえか！』

獣の矛《ほこ》先は、蒼生《あおい》へ向けられているのか。

はたまた世界そのものに向けられているのか。

もはや判然としなくなっていた。

『そうだ。世界はいつでも、無慈悲に俺達を裏切る』

蒼生は、血で染められた姉の後ろ姿を思い浮かべる。

頭上で、雷鳴が轟《とどろ》いた。
『でも、だからこそ――』
先の見えない夜の中。
頑《かたく》なに前を見据える少年は言う。
『俺達は、そんな世界を、信頼し続けなきゃいけないんだ』
その言葉は、雨の中でも獣の耳に抵抗なく滑り込んだ。
――ああ、こりゃダメだ。
獣の内でたぎる怒りが。
少年の純粋さを前に、すっかり迷子になってしまった。
――何ていうか、どこかのバカ姉貴にそっくりだ。
犬は嘆息する。
呆《あき》れと尊敬。干凅《ひから》びた憐憫《れんびん》と、淡い期待。
どこか懐かしい感情が、そこにはあった。
姉が姉なら弟も弟だ、と思った。
――『信頼』とかいう綺麗事《きれいごと》を抱いた骸《むくろ》で、地獄はとっくに定員超過なんだぜ。
言いかけて、犬は口を噤《つぐ》む。
『ちょっと待ってろ、脳味噌《のうみそ》のおめでたい主さんよ』

我ながら、未熟なガキの口車に乗せられるとは情けない、と獣《けもの》は思う。

それでも、昔のように。

根拠のない信念で動く主。

そんな顎に、もう一度こき使われるのも悪くはない。

そう感じたのだった。

『西側に続いてる匂《にお》いの痕跡を辿《たど》れば、新しい手掛かりが掴《つか》めるかも知れないだろ。雨に流されないうちに、早く！』

『チッ、いちいち指図すんな』

口元の緩む獣は、強気な言葉で誤魔化《ごまか》す。

『すぐに、そっちへ追いつく』

この不器用で無鉄砲な主を。

戦友だった魔女、その形見である少年を。

犬は、放っておくわけにはいかないと、強く思った。

5

「悪いな、遅くなった」

滑空した鳥が、蒼生《あおい》の前に着地するなり、犬を象《かたど》る。

「よし、案内してくれ。まだ匂いは残ってるか？」

「辛うじて、ってとこだ。だが、この雨じゃそうそう長くは持たねえ」

蒼生は獣と共に駆け出した。

住宅街には、馬車はおろか人影一つない。

雨に隔離され、目抜き通りの喧騒《けんそう》すら果てしなく遠い。

「しっかし、ひでえ雨だな。何が楽しくて、こんな夜中にずぶ濡《ぬ》れで散歩してんだか」

「仕方ないだろ。それよりどうだ？」

「ったく、いちいちしつけえぞ。誰が嘘《うそ》ついてまで、お前みてえなガキと土砂降りの中をキャッキャと走りたいってんだ。濡れ場は可愛《かわい》い女の子とで充分だ！」

「一言多いぞ、集中しろ！」

「おい、ちょっと待て」

「どうした？」

「匂いが……近づいて来るぞ」

その意味が汲《く》めない蒼生だが、問い返す必要は無かった。

答えはすぐ後方に迫っていた。

十字路に、一つの人影がある。

雨粒の滴る睫《まつ》毛《げ》に、蒼生は目を凝らした。

立っていたのは、雪音《ゆきね》だった。

俯《うつむ》き加減に、黙したままゆっくりと距離を詰めて来る彼女。

その左手にはアルビオンが握られている。表情を拝むことは出来なかった。

「おい主様、濡《ぬ》れ場を所望した記憶はあるんだが、これはちと戯れ方が違わないか？」

獣《けもの》の語尾には硬さがあった。

迫る雪音の醸し出す雰囲気は、殺気立ったそれに近い。

臨戦態勢。

後ろ脚《あし》をジリと下げた犬は、主へ耳打ちする。

「背後、そして左右に一匹ずついるぞ。気づいてんな？」

蒼生《あおい》は四方を囲まれていることを知った。

雨に足音を忍ばせた、敵の気配。

「あれは……犬か？」

蒼生は目を凝らす。

直感で、それがアニマであると少年は悟った。

暗がりに浮かぶ眼光も然《さ》ることながら。

互いに連動してにじり寄ってくる様は、人為的な統制を感じさせる。

「獣姦なんて頼んでねえぞ……それも三匹同時なんて、流石《さすが》の俺様でも未知の領域だぜ」

雪音が徐《おもむろ》に駆け出した。

同時に、三方の猟犬も襲いかかってくる。

「チッ、俺様があの小娘を迎え撃つから、お前は残りの雑魚《ざこ》どもを片付けろ！」

「大丈夫だ。雪音は俺に任せろ」

「何言ってやがる。どう考えたって、小娘の方が強いだろうが。そこをどけ！」

犬が主の護衛に回ろうとするも。

時既に遅く。走り込んだ雪音が、蒼生との間合いを詰めていた。

彼女のアルビオンが、駆け抜けた背後の空間に長々と文字を連ねている。

それが今にも発動するというのに、蒼生はまだ動かない。

「この、呑気《のんき》に突っ立ってるんじゃねえ！」

見かねた犬が、蒼生を背後に庇《かば》い、雪音目がけて口を開く。

その喉《のど》の奥が鮮烈な光を放つ直前、雪音の呪文が矢となって降り注ぐ。

ドスッ、鈍い音が響いた。

獣の視界が不意に大きくぐらついた。

――は？

我が身に生じた出来事に、犬は呆気《あっけ》に取られる。

視線をずらすと、蒼生の腕《うで》が見えた。どうやら、突き飛ばしたのは他でもない主らしい。

突き飛ばしておきながら、肝心の蒼生本人《あおい》は躱《かわ》そうとすらしない。

――これじゃあ、犬より先に、主が犬死にじゃねえか！

矢面に立ち、背後から三匹の犬に飛びかかられた構図の蒼生。

しかし、ナベリウスの咆哮《ほうこう》は杞憂《きゆう》に終わった。

蒼生は、その前兆すら予感させない身のこなしで、唐突に上半身を折った。

標的を見失った虚空に、矢の軌跡と、猟犬の命が交錯する。

ズガガガッ！

犬の頭が並んで弾《はじ》け、路面に蒸発した。

「ちょっと蒼生、躱すのギリギリ過ぎよ！　ヒヤッとしたじゃない！」

「なるべく引き付けた方が確実だと思ってな。だが、助かった」

立ち上がった蒼生は、少女に礼を言う。

「それは、どういたしまして」

雪音《ゆきね》は濡《ぬ》れた頬《ほお》を袖《そで》で拭い、唇の端を上げる。

「けど、お前……どうやってあの図書室から抜け出してきたんだ？」

蒼生は、嘆息交じりに問う。

サヤネが護身用に残した鴉《からす》。

それを担保にして図書室に閉じ込め。

彼女の無実と安全を確保する目論見《もくろみ》だったのだが。

「バルコニーよ、バルコニー」

雪音は得意げに指をさしてみせる。

バルコニーからの飛び降り。そういう事らしい。

「本当、とんでもないことするよな……お前って」

「とんでもないのは、あなたでしょ！　すぐ一人で抱え込んで突っ走るんだから」

「で、サヤネ先生の鴉はどうしたんだ？」

「ああ、それは……って、ちょっ⁉　どこ嗅いでんのよ、この変態ワンコ！」

「おい、主様よ。やっぱりカロリーナの匂《にお》いが、べったりついてるぞ。犯人じゃないなら、一体どうなってやがるんだ……？」

犬は真顔で、雪音の胸元を嗅ぎ回し、

「……ん、待てよ。おい小娘。ちょっとその服脱いでみろ」

「ハアッ⁉　このワンコ、その鼻引《ひ》っ剥《ぺ》がすわよ！」

「だあもう、時間がねえんだ。確認の為《ため》だ、早くしやがれ」

「残念だけど――そんな暇は無いみたいね」

少女の脱衣か、獣《けもの》の皮剥《かわは》ぎか。

どちらに転ぶとも判《わか》らぬ騒ぎに、終止符が打たれた。

押し殺した声で身構える雪音《ゆきね》。

遅れて、ようやく蒼生《あおい》と犬もそれを目に留めた。

立っていたのは人だった。

夜に同化したマント。

フードの下に、犬の仮面が浮かんでいる。

「もう今日は、ワンコちゃんでお腹《なか》いっぱいなのよね、わたし」

「ケッ、お前らだって国家のワンコちゃんだろうが」

蒼生のワンコは喉《のど》を鳴らす。

「いかにも怪しい輩《やから》のお出ましだな。取り敢《あ》えず、小娘が犯人じゃなさそうってことには同意してやる」

ガス灯を隔てた敵に、蒼生は声をかける。

「お前は誰だ?」

無音。

仮面の覗《のぞ》き穴が、じっと見据えてくる。

「チッ、社会性も仮装も頂けねえ野郎だな」

獣《けもの》が吐くと、敵はようやく動きを見せた。

袖《そで》口から、文字列が這《は》い出して。

撃退した例の三匹と、同じ犬を象《かたど》った。

その数、四匹。無言の宣戦布告。

「何なのよ、あの犬？」

「ありゃ、〈黒妖犬《モーザ＝ドゥーグ》〉って奴《やつ》らだ」

俗に墓守犬、亡霊犬。

闇夜の十字路や三叉路《さんさろ》に現れて人を襲う、不吉な妖精。

階級としては下級位。油断のない限り、難敵にはなりえない。

だが。

敵がそれをあてがって来ることに、蒼生は引っ掛かりを覚える。

「臆することは無《ね》え。犬は犬でも、ありゃ数だけが取り柄の、噛《か》ませ犬さ」

噛ませ犬。

その単語に、蒼生の瞳《ひとみ》が開く。

「おい、ナベリウス。匂《にお》いはまだ残っているか？」

「チッ、成程な。奴らそういう魂胆ってか、胸糞悪《むなくそわ》りィ」

――このままじゃ、西側に残った匂いが雨に流される。

歯噛みする蒼生。

戦闘か、追跡か。

一方を優先すれば、一方がすり抜ける。

「——行って」

立ちはだかったのは、雪音《ゆきね》。彼女は背中越しに、

「ここは、わたしに任せて。西側の匂《にお》いを追いたいんでしょ？　なら急いで」

「でも、そうしたらお前が……」

「図書室に一人でいるくらいなら、外で体を動かしてた方がマシよ」

挑発的な凛々《りり》しさが、蒼生《あおい》の続きを遮《さえぎ》った。

「すぐに終わらせるわ。あのいけ好かない仮面を剥《は》いで、中身を拝めばいいんでしょ？」

雪音を一人、この場に残す。

蒼生にとって、身を裂かれる苦渋の選択だった。

護身用にナベリウスを預けたいが、彼の鼻先が無いと、こちらの追跡が出来なくなる。

「あの冬冴《とうが》の妹ってことは、お前さん、多少は氷属性の腕《うで》があんだろ？」

「兄さん程じゃないけどね。四匹を相手には、もうちょっと水が欲しいところ」

雪音は石畳と、空模様を見上げる。

「水なら沢山あんだろ」獣《けもの》は鼻で笑う。「地面の上ばっか見ねえで、足の下にあるのも使っちまえ」

「……あなた、頭良いじゃない」

雪音の表情が明るくなる。

「こちとら数千年も生きてんだ、その辺の百科事典よりは役立つぜ」

「任せていいのか……雪音？」

「大丈夫。二人とも早く行って。遅いと、こっちが追いつくから」

「ヤバくなったら、すぐに逃げてくれ。お前だけは――――」

「じゃ、ヤバくなるまで絶対に逃げないわね。ほら、早く匂いを追いかけて！」

果敢な少女に託し、蒼生と犬は駆け出した。

遠ざかる足音に、雪音は深呼吸する。

「なんて格好つけてみたものの。いざ取り残されると、ちょっと心細いかも」

少女はアルビオンを強く握る。

敵の犬が、駆け出す。

それを受け止めるように、少女の双眸《そうぼう》が鋭くなる。

「――――悪いけど。今はわたし、手加減出来ないから」

天上で雷鳴が轟《とどろ》くのを合図に。

雪音の影が、石畳を置き去りにした。

「しかし、置いてきて良かったのか？」

数分ほど西に駆けたところで、獣《けもの》は後ろ髪を引かれるようなことを口走る。

振り返ることもせず、蒼生《あおい》は前だけを見て先を急ぐ。

「にしても、学院に通う年頃で氷属性が使えるとは、やっぱり冬牙《とうが》の妹か」

「それだけじゃないさ」

瞬間、遙《はる》か後方から。

轟音《ごうおん》が地を這《は》い、少年と犬の背筋へ伝播《でんぱ》した。

頼もしくも末恐ろしい波動を感じつつ、少年は言う。

「――――昔からあいつと勝負してきて。俺が〈呪力〉で勝ったこと、一度も無いからな」

第五章　―倒錯の傀儡師《くぐつし》―

1

呪文を綴《つづ》って、駆けながら。
雪音《ゆきね》は、雨に霞《かす》む前方へ的を絞る。
一、二、三、四匹。他にそれらしき影は無い。
向い来る犬の動線を捉えつつ、彼女は路面を確認した。
十字路の傾斜、流れる雨水の先を探る。
――あった。
排水口。
水の終着を前方に見つけ、その手前で立ち止まる。
猛進してくるアニマを、ギリギリまで引きつけて。
――ここだ！
少女は地に手を付けた。
「――磐境魂櫃《イワサカノタマビツ》！」
背後に長々と綴った呪文が、地を滑って、犬を囲い込む。
彼女の手元から文字列に沿って亀裂が走り、轟然《ごうぜん》と石畳が捲《めく》れ上がった。

呪力に呼応して、土壁が隆起し、四方から犬の逃げ道を塞ぐ。

「ちょっと手荒だけど、足下の公共財もついでに！」

掘り起こされた路面。

土中に見える鈍色《にびいろ》の物体に、筆記呪文を巻き付ける。

「水質は保証出来ないけど、水浴びするってのはどう？」

軋《きし》んだ金属音とともに、少女の思考が引き揚げたモノ。

それは、旧時代の水道管。

土壁の内で中身を決壊させると、濁流に犬の姿が飲まれた。

「まだまだ！」

少女は火属性言語を綴《つづ》り、それを注ぎ込む。

火力を負方向に作用させると。

噴出する下水が、見る間に白くなり。

犬を四匹、丸ごと氷の棺に閉じ込めた。

「ちょっと大袈裟《おおげさ》過ぎたかしらね」

雪音《ゆきね》の攻撃に怖《お》じ気《け》づいたのか。

犬の仮面は、新たに犬を召喚すると反転、走り去る。

「えっ、逃げた？」

雪音は驚くも、そのまま後を追うべく駆け出す。

「ごめん朔夜《サクヤ》、あなたの借りるわよ！」

屋敷への憑着《ひょうちゃく》術式で、外に出られない白狐《びゃっこ》。

雪音は、その分身である霊具の〈転送〉を試みる。

〈転送〉――それは、契約関係にある〈言霊《アニマ》〉の核言語を介して、その体を呼び寄せる〈作用素《オペレータ》〉。

詠唱した先に突き出た柄《つか》を握り、少女は引き抜く。

――氷刃《ひょうじん》・〈夜狐白伽《ヨギツシラトギ》〉！

禍々《まがまが》しい霊気を放つ、魔剣。

波打つ白刃の側面には、水属性のサンスクリット語と、火属性の中国語が背中合わせに彫られている。

「はっ！」

行く手を遮る犬に、少女は身を翻《ひるがえ》し、切っ先を一閃《いっせん》。

言霊の体は、言葉という質量そのもの――。

刀身に漲《みなぎ》る霊気は、彫られた中国語に染み出すと。

火焔《かえん》を噴き出し、アニマの胴を薙《な》ぐ。

――絶対に逃がさない。

量産される犬を一匹、また一匹と屠《ほふ》りながら。

少女は濡《ぬ》れた視界に、敵の背中を追い続けた。


蒼生《あおい》の前から、街灯《あか》りが唐突に途絶えた。

——明治神宮御苑《めいじじんぐうぎょえん》。

鬱蒼と茂る森林は、市民の憩いの場。

かつて若者が踏みしめた原宿《はらじゅく》の一帯は、鎮守の森に飲まれて久しかった。

「急がねえとマズいぞ。匂《にお》いが段々と薄くなってきやがった」

「くそっ……間に合わないのか⁉」

表参道《おもてさんどう》を中ほどまで進んだところで、獣《けもの》の前足がはたと止まった。

手持ち無沙汰に、その爪が水溜《みずたま》りを叩《たた》く。

「済まねぇ。追跡は終わりだ」

カロリーナの匂いが潰《つい》えた。

その事実を、少年は認めきれない。

「っまだ！　まだあるだろ⁉」

「馬鹿言え、匂いが流されちまってんだ！」

「どうにかしろよッ！」

八つ当たりだと理解しながらも、蒼生は怒鳴りつけてしまう。

終わり。

それが、こんなにも呆気《あっけ》ない形で訪れるなんて。

肩を透かされた感情の、置きどころが分からなかった。

その時。

「――先輩？」

不意に背後から声。

蒼生は弾《はじ》かれたように振り返る。

「蒼生先輩っ」

傘をさした下級生の少女が、そこにはいた。

「亜里亜《ありあ》、どうして……」

「……先輩なら、きっとここに来るんじゃないかって。そう、思ったので」

普段の快活な声が、湿っている。

「カロリーナさんのこと……」

顔を背け、少女は傘の柄を握る。

「……もっと早く先輩に言っておくべきでした」

歯切れ悪く、少女は言う。

「カロリーナさんに会った日の翌日に……実は、興味本位で彼女の帰り道をつけてみたんです。ほんの出来心だったんですけど、それで――ひっ⁉」

蒼生《あおい》は、続きを待たず。少女の肩に掴《つか》みかかった。

「……ち、違うんです。亞里亞《ありあ》は……ただカロリーナさんのことが気になって……」

弁明を始める少女に、蒼生は先を問う。

「それで、何があったんだ⁉　教えてくれ！」

「っ、カっ、カロリーナさんが……あ、あそこに入って行ったんですっ！」

少女の指が震える。

示す先を確認すると、蒼生は息を呑んだ。

「カロリーナさんは、あの柵を越えてそのまま森の中に入っていって……後を追おうとしたんですけど……何だか不気味で、怖くなって……それで……」

「おい、聞いたか？」

犬の霊は、「ああ」と一言。

「亞里亞が……見ちゃいけないものを見たから、だから……カロリーナさんは……」

「違う、亞里亞のせいじゃない」

「でも……」

「今すぐ寮に戻ってくれ。ここは危ない」

「あ、あの先輩……そ、その犬は一体……!?」

「いいから、寮に戻れ！」

らしからぬ先輩の形相に、後輩の頬《ほお》がビクついた。

亞里亞は森へと駆けだす二人を見送る。

カロリーナと重なる先輩の背に、彼女は叫ぶ。

「先輩っ！　絶対、帰って来てくれますよね？」

不安を払拭するように、蒼生は背中越しに力強く返事をした。

「安心しろ、必ず帰って来る！」

「絶対……約束ですよ？」

微《かす》かに聞こえた少女の呟《つぶや》きに誓って。

少年は濡《ぬ》れた額を拭い、森へと足を踏み入れた。


同じ頃。

敵を追い続ける雪音《ゆきね》は、神宮《じんぐう》の外苑《がいえん》に足を踏み入れていた。

「次から次へと、キリが無いわ……！」


「これだから、犬って嫌いよ！」

犬馬《けんば》の労《ろう》を惜しまず、襲いかかってくる下級位アニマ。

馬鹿丁寧に屠《ほふ》っていては、犬一代に狸一匹である。
「犬に喩《たと》えた諺《ことわざ》って、揃《そろ》いも揃ってロクな教訓が無いのよね」
頭の引き出しを開けながら、毒づく雪音《ゆきね》。
――国立競技場跡《こくりつきょうぎじょう》。
現れたのは、半壊した巨大建築。
住宅街から孤立気味に天を突いた外壁が、優美な曲線を描いている。
人の寄り付かない二百年前の遺物に、雪音は入っていく。
「平和の祭典が催されたなんて、趣味の悪い都市伝説よね、これ」
気分は、闘技場に連れ込まれた古代ローマの剣奴に近い。
柱廊の先に、彼女は敵の気配を探る。
――視界が利かないのはお互い様としても、向こうには鼻がある。
雪音は、空気の感触に意識を研ぎ澄ます。
――来た！
本能的に、犬の息遣いを察知。
呪力を込めて、真横に太刀《たち》を薙《な》ぐ。
「――栂氷雨《ツガビサメ》ッ！」
青白い燐光《りんこう》に、刀身の両言語が混ざり。

氷の銃弾が、広角に宙を抉《えぐ》った。

牙を剥《む》く獣《けもの》の、潰《つい》える音。

それを合図に、柱の奥から新たに数匹が襲いかかる。

――居場所がバレた。

雪音は足元の礫《つぶて》を、変わり身の音源に奥へと投げつける。

幅のある柱を見つけると、背中を預け、息を整える。

「ジリ貧って、まさにこのことよね……」

雪音は、アルビオンの残り本数を確認した。

その数、五本。

ここまでに倒した犬の頭数だけ、着実に削られていた。

「あんまり予備は使いたくないけど……」

制服の上着、その内ポケットに常備しているチョークを取り出そうとして。

「あれっ？」

それが無いことに気付いた。

代わりに掴《つか》んだものは。

「何これ――ハンカチ？」

入れた記憶どころか、所有物ですらない、白い布切れ。

不審に思い記憶を遡るも、現状それどころではなかった。
「とにかく、局面を打開しないと！」
頬《ほお》を柱の際につけて、目を凝らした――直後。
真横の闇が、無音で蠢《うごめ》いた。
瞳《ひとみ》より先に、耳が異形《いぎょう》の吐息を拾う。
喉笛《のど》が凍える近さに、指先が重く硬直してしまう。
「……ッ！」
反射的に、足が出ていた。
足の裏に柔らかい感触を残して、犬が飛ばされる。
九死に一生を得た少女は、すぐさま反転攻勢に出る――が。
グン、と。
見えない力に引き戻された。
「ああもう、何でこんな時に限って……！」
雨を吸い込んだ制服の上着が、剥《む》いた鉄骨に引っかかっていたのだ。
体勢を立て直した異形が、再び襲いかかる。
振り遅れる刃《やいば》、鼻一つ分勝った獣《けもの》。
雪音《ゆきね》は、上着を脱ぎ捨てて横に転がった。

躱《かわ》された先の壁に、アニマの頭部がぶつかる。
「よし！」
少女は剣を握り――――
――え？
絶望を悟った。
しかし。
弾みでずれた視界に、宙を舞う別の犬を捉えたのだ。
それは、予期せぬ形で軌道をずらした。
跳躍した犬は、そのまま雪音の頭部を見過ごし、一直線に柱へと向かう。
「どうなってるの……」
猟犬達が群がったのは、脱ぎ捨てた彼女の制服。そして、ハンカチ。
布切れを噛《か》み、捩《ね》じ切り、引き裂いて。
彼らは、側《そば》で立ち尽くす雪音に目もくれない。
「よ……よく分かんないけど……助かったの……わたし？」
当惑しながらも。
雪音は剣を握り直すと、その場を立ち去った。

2

競技場の底は、水瓶《みずがめ》になっていた。

遮《さえぎ》る屋根のない陸上トラックには草木が生え、雨が溜《た》まっている。

仮面を被《かぶ》った人影は、膝丈の水に浸《つ》かりながら歩いてゆく。

そこへ、真横から岩が降り注いだ。

引き千切られた鉄筋の色が真新しい、混凝土《コンクリート》の塊が数個、轟然《ごうぜん》と襲いかかるも。

マントの下から吹き上げた突風に、容赦なく砕かれた。

「風属性の詠唱、ね」

雪音《ゆきね》は、相手が為《な》した業《わざ》を見抜く。

呪文を書き込み、〈浮遊〉でぶちあてた岩塊。

それを風の刃《やいば》で風化させられた。

「あなた何者なの？」

剣先を構えながら、雪音はじりと詰める。

答えは無い。

「じゃあ、質問を変えるわ。カロリーナさんを手にかけたのは、あなた？」

またしても、無言。

「黙秘権の行使って訳ね」

ならば、口を割らせるまで。
真向勝負なら、呪力では自分が上手だと少女は感じた。
とは言え、余裕がある訳でも無い。
脱ぎ捨てた制服の上着、あの懐《ふところ》にアルビオンが無かったのは痛手だった。
手元にあるのは三本。
ありったけの呪力を込めれば、二発と打てそうにない。
――この一撃に、賭けるしかない。
意を決した少女は、アルビオンを二本掴《つか》んで宙に放る。
白刃の文字列に意識を注ぎ込み、切っ先を下段に構える。
放物線を描くチョークが、発泡。
凄烈な冷気が、刀身を縁取る。
「――喰《く》らえ、刺葬ノ氷乱華鏡《ミヅハメビサメ》ッ！」
下段から、渾身《こんしん》の斬撃を天に振り上げた。
刃の攫《さら》った水面《みなも》が、二股に裂け、白濁に嵩《かさ》を増す。
御神渡り――迫《せ》り上がる結氷の山塊が。
氷瀑《ひょうばく》の波濤《はとう》となって、轟音《ごうおん》も置き去りに敵の姿を飲み込んだ。

蒼生《あおい》は、神宮《じんぐう》の森へ駆け込んでゆく。

亜里亜《ありあ》が示すままに進んだ道は、すぐに藪漕《やぶこ》ぎとなった。

彼女が「怖くなって」というのも無理はない、と蒼生は思う。

「おい。いくら何でも、おかしくないか？」

「ここをカロリーナが登下校に使った、ってことがか？　彼女お気に入りの近道だってんなら、話は早いぞ」

犬は吠える。

「土地勘は無《ね》えが、これだけ広い公園が住宅街を分断してりゃ、馬鹿正直に迂回《うかい》するだけで、徒《いたずら》に道のりが長くなるだろうからな」

「こんな草を漕いで毎日通うか、普通？」

「さあな。本人にその気が無くとも、〈傀儡秘抄《ネウロパストウム》〉に掛けられていたんだ。針の筵《むしろ》だろうと、溶岩の上だろうと、平気で歩いて行くだろうぜ」

けど朗報だ、と獣《けもの》。

「彼女の匂《にお》いが、ここにはしっかりと残ってる」

闇の底で、仄《ほの》かな光明が見えた気がした。

しかし、蒼生の予想もしないところで獣から声がかかった。

「……ん？　おい、ちょっと待て！」

少年はその声に足を止めた。

嫌な予感が駆け抜けるのは、これで何度目だろうか。

「その先で、匂いがプッツリと途切れている」

獣は呟《つぶや》いた。

獣自身すら驚きを隠せない様子だった。

あろうことか終着は。

草木の茂る、何の変哲も無い、真っ暗な森の中だった。

蒼生の足から、重力がすっぽり抜け落ちる。

「嘘《うそ》だ！　リーナはここから登下校してたってのか？」

「知るか！　でも匂いはここから始まってんだ！　なら、ここがカロリーナとやらの住処《すみか》だってことじゃねえのか!?　大体、テメエもカロリーナの自宅に一回くらいは顔出しとけ！　だからこんな時に困るんだろうが！」

「年頃の女の子の家をそう簡単に訪問できるか！」

「ったく、これだから草食系男子は使えねえんだ！　攻めが足りねえんだよ攻めが！」

「待て、とにかく落ち着け。少し、辺りを捜索しよう。結論を出すのはそれからだ」

「ああ、気に喰《く》わねえが激しく同意だ」

蒼生はアルビオンを持ち詠唱する。

ドイツ語が、少年の手に燃え盛る光源を吐き出した。
足元を照らすには心許無《こころもとな》いが、松明《たいまつ》を翳《かざ》すと、視界が広がる。
蒼生《あおい》は獣《けもの》と逆方向に、進んでいく。
小枝の折れる音、葉の擦《こす》れ合う音が、神経に障った。
「おい、誰かこっちに来るぞ！　気を付けろ！」
獣が突然喚《わめ》き出した。
蒼生の目にも、犬の警告に遅れること数秒。
一つの人影が映り込んだ。

遡ること十分ほど前。
闘技場には、膝をついた雪音《ゆきね》の姿があった。
――全部、躱《かわ》された？
脳裏に描いていた未来と、対峙《たいじ》する現実との齟齬《そご》。
その落差に少女は愕然《がくぜん》とする。
水の結晶化、形状変化、時間差に設けた刺突。
呪力を極限にまで収束させた、大技だったのに。
「……くっ！」

足元に剣を突き、雪音はよろめく体を支える。
勝負は決したかに見えた。
乱れ咲いた、氷の万華鏡。
それは鋭利な氷柱《つらら》を放射状に広げ、敵を囲い込み。
全方位から死角なく刺《さ》し穿《うが》ち、葬り去る――――筈《はず》だったのだが。
敵は、まるで意に介さなかった。
反撃も無しに、華麗なまでの身のこなしで、連撃は悉《ことごと》く空に潰《つい》えた。
――あれは、わたしのことを知っている。
場当たりで躱せる代物《しろもの》でないだけに、確信の度合いが増す。
――もしかして。わたしも、あれの中身を知っているの？
そう思うと、仮面を剥《は》ぎたい衝動が揺らぐ。
雪音は、怫然《ふつぜん》と立ち上がる。
盛大な呪力の行使で失いかけた意識を、持ち前の強気で繋《つな》ぎ止めた。
手にしたアルビオンは一本。
「……これで、本当に最後の最後よ。もう少しだけ踏ん張りなさい」
雪音は敵を見据える。
辺りには、氷壁が突き立っている。

敵の背中が、その背後にある鏡面に映るのを、彼女は見た。
瞬間、朦朧《もうろう》とした意識に閃《ひらめ》きが走った。
「――あ」
これなら、いけるかもしれない。
奇を衒《てら》った策だが、挫《くじ》けそうな期待を懸けるには充分だった。
他に取りうる術《すべ》は無い。
あとは実行に移す勇気と、遂行する意気だけ。
――やるしか、ない。
少女は覚悟を決めた。
剣を右手に構え。左手にアルビオンを握り、背中に隠し。
駆け出した。
警戒して、一歩後ずさる敵。
氷結した水面《みなも》を、少女は蹴り上げて差し迫る。
敵が仮面の下で呪文を詠唱した。
辻風が悲鳴を上げ、襲いかかる。
避《よ》けた少女の毛先が、音も無く裁断される。
迫る敵、その後ろにある氷壁を確認して。

雪音《ゆきね》は、背中に隠した左手で呪文を宙に綴《つづ》り――
敵の頭上に跳んだ。
犬の仮面は、たじろがない。
少女が天に舞ったのは、注意を惹《ひ》く為《ため》の偽装だと理解した。
上に気を取られて、飛ぶ直前に後ろ手に綴った呪文の餌食《えじき》となる。
そんな子供騙《こどもだま》しの戦法だと踏んだ。
敵は、雪音より呪文の無効化を優先しようとして。
それが、命取りとなった。
――勝った。
雪音は上空で敵の迂闊《うかつ》さを笑った。

仮面に開いた口から、鮮血が噴き出した。

敵は咄嗟《とっさ》に理解できず、音の出所に視線を落とす。
マントの胸元、そこから。赤黒く濡《ぬ》れた氷柱《つらら》が、三本ほど突き出していた。
思いもよらぬ方角からの攻撃。
戸惑う仮面は、前方に浮かぶ光の文字列を凝視し。

そこで、ようやく事の次第を悟った。

雪音《ゆきね》が綴《つづ》った呪文、それは————鏡文字であったのだ。

倒れ込む犬の仮面。

その上に雪音が降り立ち、刃先を瀕死《ひんし》の喉元《のど》にあてがう。

「背中に氷の鏡があることに、気が付かなかった？」

雪音は口角を上げる。

「全くの思いつきだけど。鏡文字を鏡面に反射して、正しい方の文面に呪力を注ぎさえすれば、聖語の発動は可能よね？　もう少し、用心するべきだったわね」

敵の体から、生温かい液がじわりと滲《にじ》み出た。

ヒュー、ヒュー。

苦しそうな息遣いが、生身の人間を感じさせた。

「さあ、その顔を拝ませて貰《もら》うわよ」

左手で犬の面を外すと。

まず髪の毛が見えた。

ついで、蝋細工のような白い顎。

現れたのは————見覚えのある顔だった。

「……あう……あ……　イタ……いよ……」

喀血《かっけつ》に喘《あえ》ぐのは、いつしかの校門で蒼生《あおい》に捨てゼリフを吐いた女生徒だった。

未来を奪われた紅《あか》い唇が、恨めしそうに歪《ゆが》む。

「そんなっ……やめて……」

雪音《ゆきね》の心臓が喉《のど》を圧迫した。

息絶えた少女の青白い首筋から、宿主の死を悟った文字列が這《は》い出して、血溜《ちだ》まりに消えてゆく。

その文面が、他ならぬラテン語であることなど、確かめるまでもなかった。

茫然《ぼうぜん》とする雪音。

けれど、その手には揺るがぬ熱が握りしめられていた。

見上げた空に、いつの間にか雨は止《や》んでいた。

3

「おい、誰かこっちに来るぞ！　気を付けろ！」

獣《けもの》の呼びかけに、蒼生は闇を凝視する。

やや間があって、かさかさと草の踏まれる音が聞こえて来た。

ついで乱れた息遣い。

「やっと見つけた！」

人影は蒼生の姿を見つけると、安堵《あんど》したように叫んだ。

雪音だった。

蒼生は驚きと共に警戒を解く。

見ると、雪音は制服を脱ぎ捨てて、ここまで追いかけてきたらしかった。

「雪音……あの敵、黒いマントの犬の仮面は？」

「やっつけたに決まってるでしょ」

雪音が得意げに、蒼生へ駆け寄る。

「それより。どうしてこんな森の中に入ったの、カレン。危険にも程があるわよ。あ……まさか、もしかして」

「ああ。リーナの匂《にお》いがここまで続いていたんだ。詳しくは歩きながらだ。ちょっとこの松明《たいまつ》を持っててくれないか？」

「う、うん。分かったわ」

事情を飲み込めない雪音が、蒼生の手にした松明に右手を伸ばす。

と、まさにその瞬間。

ズンッ。

鈍い音が森の中に響いた。

「えっ――――？」

雪音《ゆきね》の目が、見開かれる。

彼女の唇に、紅《あか》い雫《しずく》が垂れた。

その下数十センチには。

虚空から伸びた槍《やり》が、深々と突き刺《さ》さっている。

出所を辿《たど》ると、蒼生《あおい》が手にしたアルビオン。

金属性のフランス語が、螺旋《らせん》に巻いて槍を吐き出していた。

雪音のブラウスに、シミが広がっていく。

「な、何してんだテメエ！　雪音は犯人じゃねえって、あんだけほざいてただろうが！」

駆け寄った獣《けもの》が、主を非難した。

が、蒼生は動じることなく雪音を見据えている。

「カレン――――どうして――――？」

雪音は悲しみに歪《ゆが》んだ表情。

それでも、蒼生は冷徹な双眸《そうぼう》で彼女を睨《にら》みつける。

「咄嗟《とっさ》に口裏を合わせたまでは上々の出来だったが、惜しかったな。さっきの鴉《からす》に付けられた手の引《ひ》っ掻《か》き傷はどうした？　あと、雪音は左利きだ。反射的に腕《うで》を伸ばす前によく考えるべきだったな」

少年は続ける。

「それに――あいつは、俺と二人きりの時にカレンとは呼ばないんだぜ？」

それを聞いて、獣は蒼生の意図をようやく理解する。

カレン、と呼ばれたことに違和感を覚え。

確認の為《ため》に松明《たいまつ》を持つよう指示したのだ、と。

彼女が咄嗟に出す利き腕と、傷とやらを確認し。

雪音本人でない証拠を炙《あぶ》り出す為に。

隙のない主だと獣は呆《あき》れる。

遅れながらその鼻は、彼女の匂《にお》いが雪音とは別物であることに気づく。

「――へぇ、残念。二人の間にそんな秘密があったのですか」

雪音はニッと歯を突き出す。

その声は、彼女とは似ても似つかぬ、曇った女性の声だった。

「それにしても。女の子の胸元を襲うなんて乱暴ではないですか、魔女の弟君？」

「貴様のツメが甘すぎるだけだろ？」

「それはお互い様じゃなくて？　偽物と分かったなら、すぐにでも殺せたはずなのに、わざわざ急所を外してるんですから。幼馴染《おさなな じ》みを殺すのはやっぱり辛い？」

「違うな。すぐに殺しては、情報が引き出せないからだ」

強気な姿勢を崩さぬ蒼生。

女性は赤い舌を出し、

「その情報ってもしかして。カロリーナちゃんの体を、わたしが好き勝手に弄《いじ》ったこと？

あはっ、もしかして妬《や》いてるんですか？」

「――殺してやる」

蒼生《あおい》の血液が逆流した。

「おい、躱《かわ》せ！」

獣《けもの》が吠えるより早く。

女性のアルビオンが、呪文を綴《つづ》り。

飛び出した閃光《せんこう》が、蒼生に襲い掛かっていた。


「ったく、もっと気をつけろ！」

紙一重で女性の攻撃を躱した蒼生に、獣が抗議する。

蒼生は叢《くさむら》に転がると、雪音《ゆきね》――の皮を被《かぶ》った何者か――と間合いを取る。

「へえ、やるじゃないですか」

先ほどまで蒼生が立っていた地面には、穴がぽっかりと口を広げている。

喰《く》らっていれば、気絶では済まされない。

「曲がりなりにも聖語騎士《せいごきし》なら、あんな安い挑発に乗せられるな」

「わかってるさ。でもこれで」

「目的としていた犯人のお出ましか」

蒼生は、相手をじっと見つめる。

女性の胸元には、鮮血の染み。

急所を避けたとはいえ、機動力を削《そ》ぐには充分な爪痕だった。

ところが、敵の顔には痛みの色が感じられない。

「おいおい、どうなってんだあの女。化け物か？」

「それをお前がいうな。きっと痛覚の隠蔽でも施してるんだろう。精神干渉呪文を体に綴れば、意識を書き換えて、激痛だって容易《たやす》く快楽で上塗りできる」

「ひでぇ呪文だな。とんだ生物兵器だ」

「この国だって、前線で戦う聖語騎士はそれくらいやるものさ」

そんな敵の顔が雪音であるものだから、蒼生としてはどうにも気分が悪い。

「どうして……リーナを殺したんだ？」

少年が聞きたいのはそれだった。

この女性は、自分が朱美《あけみ》の弟であることを知っている。

そして、カロリーナを手にかけたとも仄《ほの》めかした。

近くに共犯者がいないか気がかりだが、一連の事件の主犯格とみて、まず間違いはないだろう。

「俺を殺す為《ため》か？」

「いいえ、ちょっと違いますね。君を殺すだけなら、いつでも出来ました」

「じゃあ雪音《ゆきね》か？」

「彼女は、ただの駒として利用させて貰《もら》っただけ」

「学院の勢力を削《そ》ぐためなら、俺ら最高学年《エクスワイア》じゃなくて聖語騎士《せいごきし》か、学院上層部を手にかければいいだろう」

「学院上層部は防備が固くてね。その本部機能がどこにあるのか、誰であるのか、聖語騎士ですら知らされていないでしょ？　如何《いかん》せんこの国の心臓部ですからね。でも、わたしの狙いは、それよりずっと価値のあるもの」

「何が言いたい？」

蒼生《あおい》が問うと、女性は含みのある微笑に、

「朱美＝シ、ル、ヴ、ィ、ア、＝ブ、ラ、ッ、ド、フ、ォ、ー、ド、の、失、踪、理、由、、君も知りたいでしょう？」

蒼生の心臓が跳ねた。

姉の名前が出たことに対して驚いた訳では無い。

ただ、彼女の口ぶりが。

姉《ねえ》の事件の真実を知っているかのような響きを持っていたからだ。

「姉さんが、そっちの目的にどう関係しているっていうんだ？」

蒼生は拳《こぶし》を握りしめた。

「おや、雨も止《や》んだようですね」

見上げた女性の視線を、蒼生は追う。

しかし、彼女が仰ぐ天は黒々と枝葉が覆い、空さえも映らな――

「――なっ!?」

「――クソッ!?」

蒼生と獣《けもの》の声が重なる。

気が付かなかった。とんだ不注意だと、蒼生は後悔する。

見上げた先、頭上には。

アラビア語の六芒星陣《ペンタクル》と、様々な補助言語の術式がびっしりと刻まれていた。

「ナベリウス、術式を破壊して召喚を食い止めろ！」

「チッ、駄目だ、間に合わねぇ！」

アニマが観念すると同時に、女性は手を翳《かざ》す。

「さあ、顕現しなさい、イフリート！」

彼女は術式を起動させた。

「おい、アホみたいに口開けてねぇで、とっとと離れろ！　消し炭になるぞ！」

「言われなくともそうしている！」

「そう簡単に逃げられるだなんて、見くびられたものですね」

焔《ほのお》の円陣が広がり、蒼生《あおい》の行く手を塞いだ。

予《あらかじ》め仕掛けられていたのだろう。

ここへおびき寄せられた時点で、敵の術中に嵌《は》まっていたのだった。

恐怖は尚《なお》も続く。

カロリーナを喰《く》らった龍《りゅう》が、虚空から姿を現した。

地に足をつけた紅蓮《ぐれん》の巨体が、悍《おぞ》ましい咆哮《ほうこう》をあげる。

今日、早くも二度目の邂逅《かいこう》。

蒼生は足を止め、未《いま》だ醒《さ》めぬ悪夢を正面から見据えた。

「寧《むし》ろ、隔離された方が好都合さ。これで後腐れ無く、正々堂々と借りを返せるからな。ナベリウス、まさか俺より先に尻尾《しっぽ》巻いて逃げるわけじゃないだろ？」

「ハッ、俺様に軽口叩《たた》けるところを見ると、ちっとは肝が据わっているようだな。安心したぜ。ついでに、狼《おおかみ》の尻尾は犬と違ってそんな器用に巻けねえ、って覚えとけ」

「結局、お前は狼なのか犬なのか、どっちなんだよ？」

「学院で生物分類学でも履修しろ。犬ってのは、家畜になったヘタレ狼のことだ」

狼を自称する犬に、臆せず物を言う蒼生を見て。

「聖語騎士《せいごきし》の卵にしては、バチカン地下墳墓の狂犬を見事に飼い慣らしていますね。及第点以上の出来ですよ。それでは、心置きなく――」

女性は満足げに頷《うなず》くと、

「手加減は不要ですよイフリート。二人を葬り去って！」

龍が蒼生達に向って口を裂く。

喉《のど》の奥から、灼熱《しゃくねつ》の焔が溢《あふ》れ出した。

蒼生はアルビオンを握り、水属性呪文を行使するべく構える、が。

割り込んだ犬に後方へと飛ばされて、尻餅をつく。

「ちょうどいいから、さっきの分のお返しだ。いくらお前さんでも、あんな火焔《かえん》地獄を防ぎきれる訳ねえだろうが。語数は後のためにとっておけ」

――熾天の火焔獄《ジャハンナム＝ハーウイヤ》。

イフリートが、焔を散らした。

木々を灰燼《かいじん》へと変えながら、猛然と火の手が迫る。

ナベリウスの背中にはしかし、泰然を超えた余裕があった。

体躯《たいく》が質量を増し、地面を陥没させると。

その足から、霊気が文字列となって立ち上り、蒼生《あおい》の視界が土煙に包まれた。

――牢乎の八角稜堡《カステル＝デル＝モンテ》。

展開した急拵《きゆうごしら》えの土壁に、火の手は遮蔽され、蒼生は事なきを得た。

「いいか、よく聞け。お前さん一人じゃ、あのコミュ障溶鉱炉は倒せねえ。俺様は水属性を持たねえから、奴《やつ》に冷や水を浴びせることは出来ねえが、こうして焔《ほのお》を吐かれる間は、土属性で奴の火遊びにつきあえる。だからここは任せて、お前さんはあの女と火遊びしてこい。俺様がイフリートを引き剥《は》がしたら、一対一に持ち込め」

「表現はどうかと思うが、取りあえず分かった」

蒼生は頷《うなず》いた。

上級位のアニマを敵にする場合、使役霊よりも先にまず、術者を叩《たた》く。

立ち回りに制限がつき、隙も出やすい生身の人間を狙うのは常套手段《じようとうしゆだん》である。

「それともう一つ。お前さん、あと語数はどれくらい残ってる？」

聖語騎士《せいごきし》は、書き損じ、若《も》しくは詠唱失敗と。

〈臨界語数〉に留意しながら、戦闘に臨まねばならない。

いずれも限界値を越えた途端に、カロリーナの二の舞となってしまう。

「そんな情報を安々とお前に漏らすとでも思うのか？『アニマに〈臨界語数〉を悟られるな』。聖語騎士の見習いだって、そんなヘマなんかしないぞ」

「用心なのは感心だが、ここは強がる場面じゃねえぞ。どう考えても、俺様を召喚した時点で、相当語数を費やしているだろ」

獣《けもの》はそう言って、

「とは言え、それでもまだ余りを残している輩《やから》は、過去にシルヴィ以外見たことねぇが。並の聖語騎士なら、今頃とっくに〈喪語状態《アフェイジア》〉だ」

「そいつはどうも。生まれつき、〈臨界語数〉は人より多いんだ」

「褒めてやったが、褒めてねぇよアホ。いやな、もしお前さんの語数に余裕があるなら、とっとと俺様が片付けてやることも出来るんだがな」

「出し惜《ちげ》しみでもしているのか？」

「ケッ、違《ちげ》ぇよ。俺様の核言語を召喚時に描いたろ？　今は火・土・金属性の物理変化を扱える。これが俺様の〈霊柱《ミハシラ》〉だが、これにはもう二段階上があるってこった。二つ目の頭と三つ目の頭には、それぞれ別の能力がある」

〈霊柱〉――――アニマに固有な特殊能力。

上級位がそれを複数持つのは、珍しくない。

ケルベロスの肖像が、三つ頭である理由を、蒼生は改めて理解していた。

三つの頭が揃《そろ》えば、計り知れない霊力を物理世界に還元できるのだろう。

「だがな。二つ目以降は、俺様の意識下に統制するのが難しくなる。残り語数が充分にあるなら多少は抑え込めるだろうが、イフリートを葬ったあとでお前さんまで葬っちゃ、元も子もねえからな。実際に以前、三つ目でお前の姉を殺しかけたことだってある」

――わたしも過去に一度、喰《く》われかけたことがあります。

姉の言葉を、蒼生《あおい》は思い出す。

「だから、なるべく二つ目は使いたくねえ。今ある語数で、あの女を倒せるか？」

「大丈夫だ、考えがある」

少年は使い魔にそう告げた。

4

「結構際どいな、やれるのか？　はったりにしちゃ、紙一重もいいとこだ」

「やれるさ。そうでなければ、お前を召喚した意味が無いからな」

「へっ、言ってくれるもんだぜ、ガキのくせして」

苦い顔をする獣《けもの》に、蒼生は首を振った。

この使い魔がイフリートを遠ざけてくれるなら、勝機はあると踏んでいた。

文字通りの意味での、一発勝負。

敵が上手《うま》く嵌《は》まれば、こっちのものだ。

「指示通り俺様があの龍を引き付けるから、女と一対一に持ち込め」

「頼んだぞ」

蒼生は、犬と同時に反対方向へ飛び出た。

「行け！　死ぬなよ、シルヴィ弟」

「そっちこそ、焦がされて鎮守の森の参道にならないようにな！」

「ぬかせ！」

土牢を壊して、犬は息もつかせず相手に襲いかかる。

イフリートは不意打ちを受け、条件反射で迎撃の火焔弾《かえん》を放った。

ジュワッ！

だが、それはナベリウスの体に当たって潰《つい》えた。

「あれは、水属性の防護膜……！」

敵の女性は、火焔弾が蒸発した理由を見た。

宙を舞う犬の体。

その側面には、水属性の呪文がびっしりと綴《つづ》られている。

「にしても。俺様の高貴な肌が、よもや黒板代わりにされるなんてな」

ナベリウスは、主である少年の発想に唸《うな》る。

単一呪文で発動する水の膜など、イフリート級の焔《ほのお》には梨《なし》の礫《つぶて》だが。

「俺様の金属性の霊力で底上げすれば、それなりにはなる、か」

水属性を持たぬ犬の言霊《アニマ》でも。

金の属性変化を持っているならば、〈相生《そうせい》〉により水属性を強化することが出来る。

術者も、水属性一言語だけの消耗ですむ。

「俺様への敬意なんて欠片《かけら》もない、軽易なガキの発想だがな」

記憶をいくら遡っても、自らの体に文字を書く身の程知らずはいなかった。

かつての主でさえ、そうだというのに。

お利口にも教育不履行な、この弟ときたら。

「けど、ま。これで奇襲はひとまず成功か！」

犬はほくそ笑み、牙を剥《む》く。

火焔《かえん》を吐いた直後のイフリート。

躱《かわ》そうにも、巨体であるが故、俊敏性には乏しい。

「やってくれるじゃないですか」

「おっと、よそ見してると、危ないぜ」

少年の綴《つづ》った文字列から、銀の矢が女性を襲う。

「アニマをアニマにぶつけて、術者同士の一騎打ちに持ち込む……賢明な判断ですね」

女性は攻撃を難なく躱す。

その背後で、ナベリウスが龍《りゅう》の喉笛《のど》に食らい付いた。

苦悶《くもん》に歪《ゆが》む雄叫《おたけ》びを残し、二体の獣《けもの》は揉《も》み合い。

木々を薙《な》ぎ、大地を抉《えぐ》り、転がってゆく。

「少し面食らいましたが、子供騙《こどもだま》しの延長ですね。悪いけど、あまり悠長な遊びに付き合うつもりはありませんよ？」

「だったら、お互いの為《ため》にもとっとと終わらせようぜ？」

「おや。実戦経験が無いにしては、強気に出ますね」

蒼生《あおい》は、ふうと息を吐いて。

両手の指の間に、アルビオンを三本ずつ取った。

「そうやすやすと、書かせる暇を与えるとでも？」

女性が呪文を宙に綴り、距離を詰めて来た。

火属性呪文により生じる火炎が、襲いかかってくる。

少年は、背を屈《かが》めてそれを躱すと。洗練された動きの最中《さなか》に呪文を綴る。

火、土、金、水、風。

蒼生は次々と別の属性を放ってゆく。

「片っ端から属性を当てて様子見とは。あまり乱発すると、弾切れしますよ？」

無闇に応戦すれば、属性の得手不得手を露呈しかねない。

流石《さすが》に心得あるこの女性。

蒼生《あおい》の攻撃を打ち払うのは必要最低限に止《とど》め、上手《うま》く切り抜けている。

「そっちこそ、あの凶暴な焼却炉を召喚してるだろ？　語数の残りは大丈夫なのか？」

蒼生は挑発する。

「人の心配をする割には及び腰ですね」

女性はじりじり距離を詰めてゆく。

事実、押され気味なのは蒼生の方だった。

「何でしょうか、この感じ」

それでも。女性の脳裏には、払拭できない違和感があった。

目の前の少年は、明らかに逃げ続けている。

逃げ続けているが、どうにも腑《ふ》に落ちない。

すると、徐《おもむろ》に少年は立ち上まり、詠唱を始めた。

「さっきまでと、雰囲気が違いますね」

女性は身構えるも。

妙に身辺が暗くなっているのに気がついた。

「――――え？」

蒼生の口が開いたのを見て確信し、女性は首を後方へ捻《ひね》る。

映り込んだのは、土の壁。

黒犬が飛び出た際に壊した土牢、その名残りだった。
「いつの間に!?」
そこに、ありありと呪文が煌《きら》めいていた。
土属性の言語。
蒼生が綴《つづ》ったに相違なかった。
少年は応戦するフリをしながら、この場所へ誘導していたのだ。
「でも、あと一歩遅かったですね」
女性は蒼生の未熟さを鼻で笑った。
その想像通り、背後から呪文が襲ってきた。
「残念、もう一息。それに、わたしを挟んで一直線に並ぶと、ほら！」
女性にはしかし。
笑みを浮かべるだけの余裕が、まだ許されてはいなかった。
防ぐまでもないと、容易《たやす》く躱《かわ》した土属性呪文。
それが何故《なぜ》か、変化せず、文字列のまま通り過ぎていく。
ぶつかる先には、蒼生の姿。
器用にも、左右の手で別々に綴った金属性と水属性の文字列。
それだけではない。

少年は更に、口で紡いだ風属性を重ねる。

「ここへおびき寄せた本当の狙いはこっち⁉」

攻撃を見くびり、躱《かわ》すに止《とど》めたのが仇《あだ》となった。

それは、蒼生《あおい》の呪文にぶち当たり。

〈土生金〉、〈金生水〉、〈水生風〉と。

風が、颶風《ぐふう》へと威力を高めていき――――。

「この一瞬に、たった一人だけで〈三連相生《トリプレット》〉を⁉」

追いかけて深入りした分。

土壁との距離以上に、蒼生との距離が近く、詠唱も筆記も間に合わない。

少年が最初からここまでを計算に含めていたのかと理解すると、今度こそ、女性の口から笑みが消える。

「そう早とちりしないでくれよ。お前をここにおびき寄せた理由はそれだけじゃないさ」

辺りが急激に赤く染まる。

振り向かずとも、女性は、自分の身に何が起こっているのか理解した。

『ドンピシャだ、ナベリウス』

『当たり前だろうが』

蒼生は、意識の内で使い魔と勝《か》ち関《どき》をあげる。

風とは別に、新たな脅威が女性に差し迫っていた。

それは、遠くで交戦中のナベリウスが吐いた火焰《かえん》球だった。

アニマとの挟み打ち。

「これは、〈四連相生《クアドルプレット》〉!?」

火種と、出力を底上げした風が交錯する。

それらは〈風生火〉に混ざり合うと、凶暴な火柱を女性に結んだ。

「くっ……！　どうだ……やったか？」

息を切らし、成果に眼《め》を凝らす蒼生。

だが、無情にも。

『チッ、何があったってんだ？』

脳裏に、ナベリウスの舌打ちが届いた。

その意味を、少年は見てとる。

煙の中から現れ出たのは、表面の焼け爛《ただ》れた防壁だった。

「危ないことしてくれますね。予《あらかじ》め仕込んでおいて、正解でした」

女性の高笑いが、そこにはあった。

「確かに火力は強烈でこそありましたが。地球上のモノは、何も全てが消し炭になるわけではないですからね」

蒼生《あおい》は、雪音《ゆきね》と別れた時の会話を思い出す。

「この辺の地下には、前時代の鋳鉄管《ちゆうてつ》が沢山埋まっているんです」

彼女は地下から水道管を掘り起こし、遮蔽物に転用していたのだった。

二百年前の鋼材は、融点が高く並の炎では溶かしきれない。

そんな話を、蒼生はかつて姉から聞いたことがあった。

「……くそっ」

膝に手をつく蒼生。

それを見て、女性は再び距離を詰め始める。

「そろそろ語数が限界のようですね。さあ、今度は何を見せてくれるんですか？」

今度は蒼生が劣勢になった。

繰り出される攻撃を、躱《かわ》しながら逃げる。

女性は筆記呪文を連ねていく。

「……っ！」

蒼生は、アルビオンを二本、前触れなく放った。

「聖語騎士《せいごきし》の命にも等しいアルビオンを投げるなんて、自殺行為ですよ？」

蒼生が焦って投じたと見たのか。

女性は軽率さを笑う。

「急に怖くなったのでしょうか。こんなのじゃ、掠《かす》り傷にもなりませんね」

彼女は難なくチョークを避《よ》け、詰め寄る――が。

横目にやり過ごしたチョークの側面に、本能が警告する。

「もしかして――」

振り返った先に、なぜか。

チョークが二本、一向に落ちる気配を見せない。

それが浮いているのだと知った途端。

術中に嵌《は》まったのを女性は悟った。

「――〈自動筆記《オートマティスム》〉のアルビオン⁉」

側面に文字列の巻き付いた筆記具は。

彼女が連ねていった文面に、文字列を付け足していく。

「〈構文改釈《クリティクス》〉を自動筆記でこなすなんて……そして、これは〈再帰動詞化〉！」

構文改釈、つまり相手の呪文の書き換え。

再帰動詞化により、攻撃対象が術者自身にすり替えられて。

女性の綴《つづ》った呪文は、生みの親に牙を剥《む》き始める。

後方から射出された攻撃を、彼女は宙を飛んで躱す。

「上出来ですが……この程度じゃ、まだまだですね」

少年は新しい呪文を綴《つづ》り、さらなる攻撃を加える。

「〈自動筆記《オートマティスム》〉は囮《おとり》。本命はこっちだ。地に足がついてなきゃ、今度は躱《かわ》せないだろ?」

「……っ!?」

まだ一本目の足が地に付かない彼女は、即座に呪文を口ずさむ。

旋風《つむじかぜ》が巻き起こり、蒼生《あおい》の攻撃を吹き飛ばした。

「忘れていませんか? 呪文の発動は、何も筆記だけじゃないってこと」

今度こそ、少年の策を撥《は》ね退《の》けた。

そう確信した、瞬間。

鈍い音に、女性の体が前へ揺れた。

「そっちこそ忘れてるんじゃないか?」

蒼生が言う。

「〈自動筆記〉が、またいつでも背後に呪文を書けるってこと」

オウム返しに笑い返す少年。

背中に銀剣の突き立った女性は、地に倒れ込んだ。

「こんな単純な技術の組み合わせで……!?」

自動筆記が一回きりで無い事、その見落としを呪う女性。

「底知らずの語数ですね、まったく」

自動筆記による、構文改釈。

蒼生がそれを用いる背景には、語数の不足があると女性は高を括《くく》っていた。

相手の文面を書き換えるのは、己の文面に字数が割けないからだ。

だが、どうだろう。

この少年と来たら、弾切れと見せかけて。

近寄れば幾度となく「しめた」とばかりの隠し弾を放ってくる。

どこまでがハッタリか、女性には読めない。

加えて、小賢《こざか》しいまでに熟《こな》れた技術。

その組み合わせ、タイミング。

そうかと思えば、聖語騎士《せいごきし》にも稀《まれ》な〈三連相生《トリプレット》〉も扱える。

「〈聖語〉に相当熟達していますね」

身を翻《ひるがえ》し、蒼生から距離を取ると。彼女は、

「学院で言語のイロハばかり学ぶひよこちゃんが、アルビオンの使い方といい、妙に血生《ちなま》臭《ぐさ》い現場の戦い方に通じているのは、ひょっとして。迷子になった朱美《あけみ》お姉《ねえ》さんの置き土産《みやげ》ですか？」

姉の事に言及《げんきゅう》された蒼生の指が、ピクと反応した。

「黙れ」

少年は拳《こぶし》を握りしめる。

その豹変《ひょうへん》ぶりを愉《たの》しんで、女性は唇を舐《な》めた。

「緋濡《ひぬ》れの魔女も、君と同じく不意打ちを好んで、多くの命を手にかけました。氷乃華雪《ひのはなゆき》音《ね》も可哀想《かわいそう》ですね、あんな汚らわしい売国奴に兄を殺され――」

「――――――ッ！」

『チッ、このバカ！　早まりやがって！』

獣《けもの》の忠告も耳に入れず、蒼生《あおい》は飛びかかった。

「ほら、やっぱりひよこちゃんですね」

予想通りと言いたげに、女性は嗤《わら》う。

「聖語騎士《せいごきし》なら一時の感情に身を任せず冷静に――そう教わったでしょう？」

その台詞《せりふ》に、蒼生の目が見開かれる。

違和感の断片が繋《つな》がり、剥《は》がれ落ちた。

――そうか、だからあの時、この犯人は……！

明るみに出た真実に、一瞬だけ、体の反応が遅れた。

迫る女性の魔の手。

躱《かわ》せない、そう悟った時だった。

「――蒼生、避《よ》けてぇッ！」

少年の耳に、聞き覚えのある声が届いた。

死角から飛来してきた氷の弾丸が、蒼生から女性を引き離した。

焔《ほのお》に囲まれた森の中。

物騒な日本刀を手にした幼馴染《おさななじ》みを、蒼生は見る。

「つぶねぇ!?」

もう半秒遅れれば、こちらの頭が蜂の巣に。

蒼生は思わず笑ってしまう、が。

――でも助かったぞ、雪音。

「蒼生！　大丈夫!?」

駆け寄ってくる雪音。

「援護射撃どうも。無事でよかった。あの犬の仮面は倒したんだな？」

「時間がかかったけど、何とかね。でも話は後、それよりあの女」

「ああ、カロリーナ殺しの犯人さ。まさか、気がつくまでにこんなに振り回されるなんてな。でも考えれば、正体を突き止める手がかりはあったんだ――」

「――そうだろ、織絵《オリエ》先生？」

蒼生《あおい》の呼びかけに。

女性は変装を解き、素顔を晒《さら》した。

髪の毛が見える。血飛沫《ちしぶき》を絡めて捩《ねじ》れた、栗色《シャタン》の巻き毛。

ついで紅《あか》く微笑《ほほえ》んだ唇、悪戯《いたずら》好きな白い歯。

「嘘《うそ》、そんな……嘘よ！」

雪音《ゆきね》が目を剥《む》く。

「もう少し早く気付いてくれると、先生嬉《うれ》しかったんだけどなあ。でも、抜き打ちの実技審査としては、蒼生君も雪音ちゃんも、掛け値なしの合格点ですね」

少年少女に賛辞を送り。

織絵は、ふっと眦《まなじり》を緩ませた。

5

「蒼生君は言うまでもなく、雪音ちゃんの氷も立派なものですね。鏡文字には流石《さすが》の一言。先ほど、お人形さん越しに拝見させて貰《もら》いました」

二人の教え子に、女性教師は鼻を高くする。

「どうして……先生はこんなことする人じゃ……」

「あらあら、雪音《ゆきね》ちゃん。どうしてそんな顔するの？　L'art est le plus beau des《芸術とは、最も美しい》 mensonges.《嘘である》真実は、どんな嘘《うそ》よりも嘘っぽいから美しいんですよ？」

　織絵《オリエ》は微笑《ほほえ》みかける。

「ところで蒼生《あおい》君。どこでわたしだと分かったのかな？」

「前から薄々感じてはいたんだ。ただ、確信にまで持って行ける決定打が無かった」

　蒼生は続ける。

「さっきの松明《たいまつ》で、咄嗟《とっさ》に右手を伸ばしただろ。思い返せば、あんたはいつも筆記体で文字を書いている。ラテン文字の筆記体は、左利きだとペン先の角度と進行方向が合わなくて難しい。あれだけ手慣れた筆跡なら、紛《まご》う方なき右利き。それだけで、少しは絞り込めていた」

「でも、右利きと分かったところで、わたしだと決めつけるには無理があるでしょう？」

「ああ、そうさ」

　蒼生の口許《くちもと》には、笑み。

「だから、俺も最後まで自信が持てなかった。けど、一つだけ決定的に見落としていたことがあった。あんたが犯人じゃなきゃ、犯人でなくては辻褄《つじつま》の合わない出来事があったんだ。それも、リーナが襲われた、まさにあの瞬間に」

「思い当たりませんねえ。これでも、結構迫真の演技をしたつもりだったんだけどなあ」

「そこなんだよ」

蒼生が言う。

「『術式の核になっているアラビア語の六芒星陣《ペンタクル》を破壊して下さい』って、あんたは叫んだ。じゃあ質問させて貰《もら》うが――どうしてそれがアラビア語だって分かったんだ？」

蒼生の言葉に、織絵の笑みが引く。

すると雪音がはっとなって、

「上級位のアニマの召喚には、核言語の属性を、〈相生《そうせい》〉や〈相乗〉で強化しなければならない。イフリートの核言語は火属性で、確かにアラビア語は火属性言語だけど――」

「何も、それはアラビア語でなくてもいい」

蒼生が続く。

「つまり、他の言語で書かれていた可能性だってあるんだ。それをあの場で、一択で決めつけられる人間がいるのはおかしいだろ？」

織絵は手を叩《たた》き、舌先を覗《のぞ》かせる。

「あ～ん、ツメが甘かったみたいね先生。やっぱり演技で叫ぶと、君みたいな男の子には見透かされちゃうものなのかな」

「どうしてリーナを殺したんだ」

拳《こぶし》を震わせ、押し殺した声で問う蒼生《あおい》に。

織絵《オリエ》は瞳《ひとみ》を妖しく光らせ、一言。

「魔女の遺産、ですよ」

蒼生の動悸《どうき》が勢いを増す。

「どういうこと？」掠《かす》れ声で雪音《ゆきね》が問う。

「普遍文法って知っていますよね？」

織絵の口から、予期せぬ単語が飛び出た。

「人間が生得的に備えているとされる普遍的な言語機能、だろ？　ラテン語やアラビア語、或《ある》いは日本語と。筆記や詠唱で出力されたものは、別々の言葉に見えるが――」

「その大本である深層の言語機能としては、どれもが共通の文法を持っている。つまり、わたし達の〈聖語〉には普遍的な文法が存在する、ってことよね」

蒼生の言葉を雪音が継いだ。織絵は頷《うなず》くと、

「不思議とは思いませんか？　我々は、あらゆる〈聖語〉を生み出す『原理』を持っている。にもかかわらず、扱う際には制約が課せられてしまう。属性は五つに分散し、〈臨界語数〉や〈呪力〉、〈喪語状態《アフェイジア》〉といった限界もついて回る」

「媒介変数《パラメータ》が設定されるからさ」

蒼生は言う。そこへ雪音も続く。

「わたし達は言語環境によって、異なる媒介変数を決定する。ドイツ語ならドイツ語の、中国語なら中国語の。個別の文法が出てくるのは、その為《ため》でしょ？」

「そう、我々人間は――自らの能力に枷《かせ》を填《は》めているんです」

織絵の言葉に、蒼生は思い出す。

幼い頃に姉が聞かせてくれた、バベルの塔の逸話。

――〈聖語〉は言わば足枷《あしかせ》なんです、人間が創造主にならない為の。

姉は、皮肉交じりにそう言っていた。

創造主の怒りに触れた人類は、共通語を喪《うしな》い、多様な言葉を話すようになったのだ、と。

そのたった一つの共通語が、あまりに傲慢で、強力すぎたが故に。

「つまり、普遍文法を抽出し体系化すれば……」

「我々は、森羅万象を塗り替える究極の聖語――〈神の言葉〉を手に入れられる」

蒼生の推測に、織絵は答えた。

「そして。そこに迫ったのが、君の姉、朱美《あけみ》＝シルヴィア＝ブラッドフォード」

衝撃のあまり絶句する蒼生。

よもや姉が、世界を左右するパンドラの匣《はこ》に手をかけていたなんて。

隣で、雪音も同様に瞳を見開いている。

「残念なことに、彼女は忽然《こつぜん》と姿を消しました。けれど、大切な弟がいたそうではありませんか。そこで考えたのです――シルヴィは、実の弟に何か手がかりを託したのではないか、と」

魔女の遺産、その意味を蒼生《あおい》は理解する。

「つまり、俺をおびき寄せる為《ため》にリーナを殺したのか……！」

織絵《オリエ》は、懐《ふところ》からあるモノを取り出した。

「なっ⁉」

それを見て、蒼生は再び絶句する。

何を隠そう、それは。

姉の唯一の形見と言っていい、あの日記帳だったからだ。

「ふふっ、驚いた顔ですね。でも、タネは簡単。ざっとこんな感じです。まず、わたしはカロリーナちゃんを学院に送り込み、二人と友達になるよう仕向け。そしてまんまと、あの図書室に入り込める関係になった」

織絵は続ける。

「三日前。雪音《ゆきね》ちゃんが怒って、図書室を出た日。カロリーナちゃんが君に、雪音ちゃんの制服を手渡しましたよね。あの時に、二人のを入れ替えて貰《もら》ったんです」

「そうか……！　それで、雪音にリーナの匂《にお》いがついて……」

「じゃあ……さっきのハンカチって……」

疑問が解ける二人。

「ええ。蒼生君が匂いを追ってくると踏んでの布石ですよ。雪音ちゃんには囮《おとり》役となって貰いました。怖くなって、蒼生君が一人で突っ込んで来ると思ったけど。そこは誤算でしたね。勿論《もちろん》、雪音ちゃんを引き離す準備は出来ていましたが。現に相当削られたみたいですし、こちらとしては好都合」

雪音はそこで、思い出す。

例の犬が、匂いの付いた制服を頼りに自分を襲ってきたことを。

「で、俺を一人でここにおびき寄せ、姉《ねえ》さんの情報を引き出そうとしたのか？」

蒼生は周囲を見やる。

学院からも遠く、鬱蒼《うつそう》と木々も茂り、人目を忍んで工作をするには絶好の立地だ。

「初めはね。ですが、少し事情が変わりました」

織絵は言うと、日記帳を振《ふ》り翳《かざ》す。

「あの時、カロリーナちゃんがこれを見つけてくれたんです。何しろ君は雪音ちゃんを追いかけて、部屋を留守にしましたからね。時間はたっぷりとありました」

――リーナの横で引き出しの中を開けた、あの時か。

まさか彼女にそんなことをさせていたとは。

蒼生は激しい目眩《めまい》に襲われる。

「結果的に欲しいものは手に入り、手間は省けましたが。どうやらこの日記帳は、第三者には解読不能のようで。だから君が必要なんですよ。この本を開ける鍵として」

織絵《オリエ》の目から温度が消え、虚《うつ》ろな表情が浮かび上がった。

「嫌だ、って言ったら？」

蒼生《あおい》は冷や汗を感じながら、問う。

「賢い君なら分かるでしょう？　カロリーナちゃんと同じ呪文なら、無理矢理《むりやり》にでも引き出せるんですよ。まあ、抵抗すると――腕《うで》や足の一本や二本はもげちゃうかもだけど」

女性教師は残忍な笑みを浮かべる。

どうあっても、この森から生きて帰す気はないらしい。

「雪音《ゆきね》、まだ戦えるか？」

「戦えるも何も、戦うしかないでしょ。わたし、正直まだ思考が追いついていないわ。先生が犯人だなんて、悪い夢でも見ているみたい」

「俺もだ。逃げられるんだったら、目を瞑《つぶ》って背中を向けられるなら、どんだけ楽なんだろうな」

でも、と蒼生は言う。

「もう逃げないって決めたんだ。リーナの仇《かたき》を、ここでとらなきゃいけない。そうしないと前に進めない、姉《ねえ》さんに追いつけないいんだ」

「分かってるわよ。朱美《あけみ》さんだって散々言ってたでしょ？　逃げるときは？」

「前のめりに、だろ？」

「ねえ、こんなこと聞きたくないけど、念のため……語数は大丈夫なの？」

「ヤバいって言ったら、怒るか？」

「怒るか怒らないかで言ったら、怒るに決まってるけど。でも、いつだって無茶《むちゃ》するのがあなたの専売特許みたいなものでしょ？　ほんとしょうがないわね、ばかレン」

「へへっ。懐かしい名前だな。じゃあ、そっちの専売特許は？」

「そんな誰かさんの無茶に、嫌々ながらも付き合ってあげられること、かな」

強がりな笑みを交わす二人。

五年前に置き忘れた二人の関係が、そこにはあった。

「とは言っても、こっちも割と限界。過度な期待は遠慮しとくわね」

「安全策で確実に仕留めたいとこだが……俺もお前も、大技はよくてあと一発か」

「なら、一発で決めればいいんじゃない？」

「そんな大技、あったらいいけどな」

「わたしの家の庭が、池になった理由。もう忘れちゃったの？」

雪音の言葉に、蒼生の記憶が甦《よみがえ》る。

六年前――――

「なあ、雪音《ゆきね》。〈相生《そうせい》〉にも負方向ってあるのかな？」

氷乃華《ひのはな》邸の縁側で、十一歳の蒼生《あおい》はふと口走った。

寝そべって辞書を眺めていた雪音が、振り向いた。

「それって〈負相剋《そうこく》〉みたいな呪文ってこと？」

「今から二人で、ちょっとだけ調べてみようぜ」

「調べるって、どうやって？」

「取り敢《あ》えず、〈相生〉の関係にある二つの言語を、ぶつけてみないか。雪音の最近はまってる言語って何だ？」

「圧倒的にサンスクリット語ね」

「どうして？」

「このごちゃっとして、呪いの字っぽいところが好き。蒼生は？」

「圧倒的にロシア語だな」

「どうして？」

「圧倒的な音域の広さ」

「なあにそれ」

水属性のサンスクリット語と、金属性のロシア語が揃《そろ》ったところで。

二人は、アルビオンを手に取った。

「〈金生水〉――金属の表面には凝結によって水が生じる。これを逆転させればいいってことだろ？」

「逆転だから、水属性を金属性に作用させればいいんじゃない？　それも強力に」

「名案だな。水属性の語数を増やして、呪力で金属性に反転させるってことか」

「なら、わたし達の関係も逆転させないとね。サンスクリット語の語数担当は蒼生」

「金属性の呪力反転担当は雪音だな。ロシア語使えるのか？」

「当たり前じゃない。蒼生こそ、サンスクリット語は大丈夫？」

「余裕だぜ」

二人は縁側に並んだ。膨大な量のサンスクリット語を綴《つづ》っていく蒼生。その隣で、少量のロシア語を綴る雪音。準備が整うと、二人は一本のアルビオンを共に握った。

「せ～の、で同時に念じるぞ。いいな？」

「いいわ。あそこを狙う感じでね」

縁側の先には、手入れの行き届いた枯山水の庭。

白砂《はくさ》に浮かぶ石へと照準を定め、二人はアルビオンを発泡させた。

「「せ～のっ！」」

ズリュオオッ！

灰色の靄《もや》が、雪崩《なだれ》を打って庭先に溢《あふ》れ出した。

「うわっ！」「きゃっ！」

驚きに仰《の》け反《ぞ》った二人が、目を開くと。

枯山水は跡形もなく、ぽっかりと靄に食べられていた――


「あれか、思い出した！　その後、姉《ねえ》さんにしばらく説教されたっけ」

「そりゃ、庭を丸ごと消したら、朱美《あけみ》さんだって血相変えるわよ」

「でも、今の俺とお前なら」

「ちゃんと制御してみせる」

六年後の少年少女は、笑みを交わす。

「さあ、雪音《ゆきね》。前のめりに逃げる準備は出来てるか？」

「ええ、勿論《もちろん》」

頷《うなず》きを合図に、飛来するのは〈自動筆記《オートマティスム》〉のアルビオン。

蒼生《あおい》は持ち前の語数で、水属性言語を塗り重ね。

雪音は金属性言語を綴《つづ》って、呪力を集束させる。

「行くぞ！」

蒼生の掛け声に、二人で握ったアルビオンが溶け出し――

「おやおや？　これはまた、随分と捨て身な大技に出ましたね」

二人の攻撃を織絵《オリエ》は笑う。

「どんな呪文なのかは知りませんが」

彼女はアルビオンを放り、

「先生の前には、ちょっとばかり勇み足だったかな――――」


「――――詠唱：〈Γρηγοριανό μέλος《グレゴリオ聖歌》〉」


女性教師はひるむことなく。

息を吸い込むと、甘美な韻律を紡ぎ出した。

「まずいっ……耳を塞げッ！」

蒼生は叫ぶ。

しかし、忠告が届くには、埋められぬ時間差があった。

秒と数えぬ間だったが。

織絵の発した詠唱を前には、致命的な隙となってしまう。

グレゴリオ聖歌。

風属性のギリシア語に委ね、空気に高密度な〈振動〉をかけるその呪文は。

雪音《ゆきね》と蒼生《あおい》の鼓膜を、音速のままに容赦なく穿《うが》った。
「キャッ!?」「くっ!?」
雪音が地面に倒れ込んだ。
その耳から、ツウと鮮血が尾を引く。
蒼生は辛うじて、片耳を防ぎ切ったものの。
歪んだ平衡感覚に、膝を崩す。
残念、と織絵《オリエ》がからかいの舌を出した。
「耳は万人が平等に晒《さら》した器官ですからね。これを利用しない手は無いでしょう」
蒼生は助けを求め、使い魔の方を見やる。
それを察知してか、イフリートが猛々《たけだけ》しい火焔《かえん》にナベリウスの助太刀《すけだち》を阻《はば》む。
蒼生は気力を振り絞って、詠唱を試みるが。
――あれ?
喉元《のど》の確かな弾力に言葉を拒まれた。
この感触、間違いない。
〈喪語状態《アフェイジア》〉の前触れだ。
蒼生は絶望する。
自分としたことが、この局面で語数が底をつくなんて。

「どうやら喪語状態に近いみたいですね」

織絵が笑う。

留意したとは言え、微《かす》かな慢心があった事実を蒼生は呪う。

新たに筆記・詠唱できる語数は、ほんの僅かだ。

――クソッ、どうすればいい。何か手は無いのか？

「折角《せっかく》ですから、冥土の土産《みやげ》にちょっとした課外授業でもしましょうか」

織絵は蒼生に向って言う。

「蒼生君はカロリーナちゃんが、こんな所から登校していると知って随分と慌てたみたいですが、その推理は百点満点。そうです、カロリーナちゃんには、帰りを待つ家も家族もないんですよ？」

何故《なぜ》か嬉《うれ》しそうに。

しかし自嘲《じちょう》を含んだ口調で、彼女は眉《まゆ》を寄せる。

「いえ、御免《ごめん》なさい。これでは説明不足でしたね。正確には、君がその死を見届けたカロリーナちゃんは、カロリーナちゃんではなかったんです」

一体何を言っているのか。

蒼生の思考が漂白される。

「君がカロリーナと呼んでいたわたしのお人形、彼女の本名はソフィア＝リンデロート」

――――は？

蒼生《あおい》の中で時間が止まった。

織絵《オリエ》は明かす。

「そして――――わたしが、カ、ロ、リ、ー、ナ、＝マ、ル、ヴァ、レ、フ、ト、」

蒼生は呼吸を忘れた。

何がどうなっているのだろうか。

「倒錯修辞と言うヤツですよ。この悲劇の首謀者はカロリーナであり、被害者もカロリーナ。カロリーナは自らの人形となり、跡形も無く命を絶った。そもそも君の知るカロリーナなんて少女は、世界のどこにもいなかったという訳。ふふっ、これって中々に気のきいた言葉遊びでしょう？」

――あのリーナは、リーナじゃなかった……？

そんな単純極まりない事実があまりに大きすぎて、蒼生は咽返《むせかえ》る。

言葉遊びにカロリーナを手にかけた、そんな卑劣な犯行に。

血潮がどっと、目の奥に流れ込んできた。

「どうして恨みがましくわたしを見るのかな、蒼生君。君にも非があるんですよ？　君が気が付かないから、気が付けないから、カロリーナちゃんは助からなかったんです」

織絵は小さく溜《た》め息をつく。

「蒼生君と雪音《ゆきね》ちゃんなら、あの宿題、解いてくれるかと期待したんだけど。上手《うま》くいけば、こんな思いをさせずに済むと考えたのに。先生……ちょっとがっかりかも」

非難に眉《まゆ》を寄せる彼女。

そこには、何かを痛切に堪《こら》える圧がかかっていた。

気のせいだろうか。

蒼生には、その言葉だけが。

今までの織絵とは、声色が違うように感じられた。

彼女の口が、本心からそう言っているように思えたのだ。

皮肉にも、そんな中。

蒼生の思考には、一筋のひらめきが舞い降りていた。

まだ方法は残されている。

しかし、これをやればきっと――否《いな》、後先考える暇なんてない。

蒼生は、離れそうな意識を食い止め。

僅かばかりの語数に託し、力を振り絞って、無理矢理《むりやり》叫んだ。

「飛・べ・！」

詠唱と呼ぶには、あまりにお粗末な。

酷《ひど》く間のあいた不器用な二音が、辛うじて口から飛び出た。

蒼生《あおい》の眼前に、光が切先を散らす。

咄嗟《とっさ》の出来事に、織絵《オリエ》は身構える。

〈転送〉されたガーゴイルの背中を、蒼生は見届けた。

「何をするのかと思えば。こんな石ころアニマですか？」

織絵は甲高い笑い声を上げる。

「あまり抵抗されるのも迷惑ですから、ちょっと黙ってて貰《もら》いましょうか」

そう言って、彼女は呪文を綴《つづ》りながら歩み寄ってくる。

瞬間、蒼生は笑った。

「がっ⁉」

織絵の膝が、地面に落ちた。

喉元《のど》を押さえ込む彼女は、我が身に生じた出来事を理解できないらしく、驚きに目を剥《む》いている。それでも、原因は火を見るより明らかだった。

彼女の綴った文字列が、紅《くれない》に変化している。

〈喪語状態《アフェイジア》〉。

彼女は書き損じた呪文に、呪力を込めてしまったのだ。

――今だっ！

千載一遇の好機に、蒼生は死力を尽くす。

雪音《ゆきね》と庭を消した六年前の、姉の言葉を思い出していた。

――〈相生《そうせい》〉という関係の中にも、実は〈相剋《そうこく》〉が潜んでいるんです。

蒼生はよろめく膝を立て、雪音を見る。

――金属は水を生みますが、水が凝結しすぎると金属は〈酸化〉してしまう。

雪音もまた、朦朧《もうろう》とした意識の中で、踏ん張りを見せる。

――これは概《おおむ》ね、人間関係にも当てはまることで。

蒼生は雪音の腕《うで》をとって、引き起こした。

――互いに助け合う〈相生〉の関係を築くには。

雪音が勝ち気な瞳《ひとみ》で、蒼生へと微笑《ほほえ》みかける。

――時に傷つけ合うような〈相剋〉の関係も出てきます。

蒼生は、雪音の体を支えながらアルビオンを握る。

――でも大丈夫。あなた達二人は、どんな困難でも。

雪音も、蒼生の手に自らの手を重ねた。

――互いに手を取り合って、助け合えば。

二人は、未発に終わった先ほどの文字列に向き直り。

――打ち克《か》つことが、出来る子なんですから。
手を繋《つな》いだ中に、アルビオンを閉じ込め、発泡させた。
――それに、何て言ったって。
二人の言葉が、今度こそ一つに交わった。
――蒼生《あおい》、という名前はソウセイとも読むんですよ。
「――〈逆相生《そうせい》〉――」

――大祓詞《オオハラエ》・天壌《アメ》ノ逆剝斑馬《フチコマ》ッ！

蒼生と雪音《ゆきね》の手元から、文字列がそれに形を吹き込む。
厳《おごそ》かな霊気を纏《まと》う、怒り肩。
斑《ぶち》の浮き出た、弓なりの胴。
雄々しき奔馬が、織絵《オリエ》のもとへ駆けていく。
蹄《ひづめ》に蹴られた土は、塵芥《じんかい》と散り。
掠《かす》めた風を受けて、木や草が見る間に朽ちてゆく。
馬は嘶《いなな》きに足を振り上げ、織絵を襲う。
彼女の体が、触れた先から細かく剥《は》がれて散っていく。

どこか、ほっとしているような。

カロリーナの最後と重なる、微笑《ほほえ》みを残して。

織絵《カロリーナ》は宙に溶けきった。


全ての戦いが今、確かに終わったのだ。

「ぐっ⁉」

頭蓋を激痛が駆け巡け、蒼生は倒れ込む。

「蒼生ッ、蒼生ッ⁉　しっかりしてッ！」

覗《のぞ》き込んで来る雪音の顔を、蒼生は茫然《ぼうぜん》と見上げる。

主を失ったイフリートが、遠くで蒸発した。

解放されたナベリウスが、駆け寄ってくる。

「どうしてあんな無茶《むちゃ》するのよ⁉」

非難に声を荒らげる雪音。その瞳《ひとみ》には、安堵《あんど》の色が広がり始めていた。

蒼生がしたこと、それは。

屋敷のガーゴイルを、省略した核言語《日本語》の詠唱によって〈転送〉させたこと。

たったそれだけだった。

しかし、ガーゴイルと目を合わせた織絵《オリエ》は、蒼生《あおい》によって右手に倒錯した感覚を移されているとは知らず。不用意にも、そのまま呪文を書き殴ってしまったのだ。

無論、それは正しい文面とならず。

結果的に〈喪語状態《アフェイジア》〉を起こすこととなった。

「ったく、トンデモねえことすんなテメエ」

心配しているのか馬鹿にしているのか分からない口調で、アニマは鼻を鳴らす。

「しかし、まあ生きてて何よりだぜ」

そんな台詞《せりふ》を吐く使い魔に。

蒼生は言いたいことが山ほどあったが、どうでもよくなった。

ナベリウスの追跡、雪音《ゆきね》の勇気、カロリーナに亜里亜《ありあ》に、そして教師達――。

その誰が欠けても、今の自分は生きていなかったのだから。

――リーナ、ごめんな。

蒼生は、救えなかった少女に向かって謝る。

春先に転校してきた彼女の。

素直であどけない、あの笑顔があったから。

それを守るため。ただそれだけのために、ここまで頑張れた。

――蒼生さんには、蒼生さんの進むべき道があるんじゃないかって。

救われた気がした。
その言葉に、背中を押して貰《もら》えたから。
おぼつかない明日への綱渡りも、踏み外さずに乗り越えることが出来た。
だからこそ信じたい、と蒼生は思う。
水底まで見通せる、彼女の蒼《あお》く澄みきった瞳《ひとみ》の奥深くに。
邪《よこしま》な深紅に澱《よど》んだ他人の作為が、棲《す》みついてはいなかったことを。
情感たっぷりに動いた、彼女の表情、その口が。
残忍な予定調和の舞台袖《そで》から、見えない糸で結ばれてはいなかったことを。
自分と雪音を、前に進ませてくれた彼女の言葉が。
誰に言わされたものでもない、
誰にも替えの利かない、
彼女自身のものであると信じたかった。
――これで、許してくれるか？
きっとリーナは許してくれない、と蒼生は思う。
何故《なぜ》なら、リーナは、あの頑張り屋な少女の名前では無いからだ。
――なあ、リーナ。せめてこれだけでも、胸張って言わせてくれないか？
敵から告げられた、記憶に残らない名前の。

確かな響きを味わいながら、少年は呟《つぶや》く。

――リーナの本当の名前、すごく音が綺麗《きれい》で、似合ってたよ。

それを最後に、蒼生《あおい》の意識は深い眠りに落ちた。

エピローグ　―蒼雪《そうせつ》の決意―

蒼生は布団で目を醒《さ》ました。

日焼けした畳の上。開け放たれた襖《ふすま》の奥に、空を映した池が見えた。

「――あれ？　俺、どうして」

夢心地《ゆめごこち》の抜けぬまま、起き上がろうとすると。

「わっ⁉」

膝に覆いかぶさる、雪音の横顔があった。

すうすう、と。垂れた黒髪の下に、目を閉じている彼女。

陽光に、毛先がほんのり亜麻色がかって見えた。

「こうして眺めると、どことなく朱美《あけみ》さんに似ていませんか？」

真横から女性の息、蒼生は思わず仰《の》け反《ぞ》った。

「お早う御座います、蒼生様。御気分は優れていますか？」

「あ……ああ、朔夜《サクヤ》か。お早う……って、えっと、俺は……」

困惑する蒼生に、白狐《びゃっこ》がしっとり微笑《ほほえ》む。

「落ち着いて下さい。事の次第は順を追ってご説明致しますので」

尻尾《しっぽ》を靡《なび》かせ、朔夜《サクヤ》は恭《うやうや》しく頭《こうべ》を垂れる。

「まず、お久しぶりです。蒼生《あおい》様に最後にお目見えしてから、随分と経《た》ちますね」

「そ、そうだな。姉《ねえ》さんとここを訪ねた時、以来かな？」

「はい。わたくしの名を覚えておいでとは、面映《おもはゆ》く御座います」

琥珀《こはく》の瞳《ひとみ》を細める狐《きつね》。

「えっと、これはどういうことだ？」

被《かぶ》さった雪音《ゆきね》の寝顔を指さして、蒼生は説明を求める。

「はい、まずはそこからですね」

雪音の使役霊は、これまでの経緯を語った。

戦いの晩から、丸三日が過ぎていた。

森の中で意識を失った蒼生は、娘に呼ばれた亞理沙《ありさ》と遅れて駆けつけたサヤネによって、この氷乃華《ひのはな》邸に運ばれ。

朔夜と雪音がつきっきりで見守った――――との事だった。

「ですので。お嬢様には、後でお礼のお言葉でもかけて頂きますと幸いです。きっと舞い上がって夜な夜な悶《もだ》え――――いえ、喜ぶと思いますので」

「そうするよ。朔夜も、迷惑かけて済まなかったな」

「とんでも御座いません」

労《ねぎら》う蒼生を制し、狐は真剣な顔つきになる。

「ご迷惑をおかけしたのはわたくしの方ですとも。契りを結びながら、屋敷より外に馳《は》せ参《さん》じることの叶《かな》わぬ身、己《おの》が非力を呪いました。お嬢様を守らんと努めて下さいましたこと、感謝の言葉もありません」

「いや、寧《むし》ろ俺の方が雪音に助けて貰《もら》ったんだ。礼を言うのはこっちだよ」

頭を垂れる狐。その凛々《りり》しい額に綴《つづ》られた呪文が薄れていた。

「この屋敷への憑着《ひょうちゃく》術式は解かれたのか？」

「ええ、仰《おっしゃ》る通りで。此度《こたび》の事件で、お嬢様の母君――氷華《ひょうか》様のはからいにより。これで、晴れてお嬢様の御側《おそば》に侍《はべ》る妖霊と相成りました」

蒼生は雪音の寝顔を見る。

彼女の手には青いヘアバンドが握られていた。

「お嬢様が昔、朱美《あけみ》様から誕生日に頂いたものですよ」

布の裏側には、蒼生の見慣れた字体が躍っている。

アンビグラムには力が宿る。

姉はおまじないとして、この言葉遊びを好んでいた。

「お嬢様は、常日頃より朱美様の思い出を大事に抱えています。兄である冬冴《とうが》様の良き理解者であった彼女を、この上なく信頼し、憧れておいでです。ですが、それが重荷となり、自らを傷付けることも。不束《ふつつか》ながら、人一倍繊細な我が主を、これからも宜《よろ》しくお頼み申し上げます。おや、そろそろお目覚めの御様子《ごようす》。では、わたくしはこれで」

狐《きつね》が霊体化して消えた。入れ替わるように、雪音《ゆきね》が目を開く。

「……んっ……あ、起きたの……蒼生《あおい》？」

寝ぼけ眼《まなこ》に、少女は蒼生を見上げる。

「悪かったな、雪音。三日三晩側《そば》にいてくれたんだろ？　ありがとな」

「えっ……あ、ちょっ……！」

雪音は慌てて跳ね起き、顔を紅《あか》くする。

「体は大丈夫？　出来る限りの治療は施したんだけど」

「ああ、問題なさそうだ。それより、雪音。お前の方は？」

「わたしは平気よ」

カコン。庭先の鹿威《ししおど》しが首を振った。

「最後に使った省略呪文。あれって、二語文の原理と命令文削除よね？」

しばらくして、雪音が呟《つぶや》く。

蒼生は無言で肯定した。

「あんな詠唱の仕方があるなんて、わたし知らなかったわ。でも、考えてみれば、文法構造としては理《り》に適《かな》っていると思う。統語《シンタックス》における二語文、それに当てはめて、思考を短い語数の内に無理矢理《むりやり》具現化しているんでしょ？」

　蒼生の放った奥の手。

　雪音の慧眼《けいがん》には、その原理もお見通しだった。

「『お母さん、靴下』――この二単語だと『お母さんに靴下を買って貰《もら》った』、『お母さんの靴下に穴が開いている』――というように。表層は同じでも、深層構造には複数の解釈が成り立つ。さらに命令文削除によってもう一単語削れば、呪文の文面を省略しても、思考の具現は可能だわ。でも、過程においては必然的に、深層構造の文法解釈にずれが生じてしまう。それが反動ってことよね？」

　雪音は続ける。

「『飛べ！』で、確かにガーゴイルを飛ばしたけど、あなたの意識も飛ばした。言葉足らずな文だったから、ああいう結果になったのよね。きっと」

「やっぱ、お前には敵《かな》わないな、ほんと……」

　隠す理由など無かった。蒼生は打ち明ける。

「姉《ねえ》さんから教わった使い方なんだ。言葉は絵と同じで、根気よく何層にも塗り重ねないと、思うようには描けない。だから、本当に必要な時にしか、使っちゃダメだって。その場の感情任せに短く放つ言葉は、取り返しのつかない傷を生むって、そう教わった」

「朱美《あけみ》さんらしい言葉ね」

次に来る言葉を、蒼生《あおい》は痛いほど分かりきっていた。

「お願いだから……もう、あの呪文は使わないで」

雪音《ゆきね》の肩が小刻みに震えていた。

「わたし怖いの……あなたはいつも、他人のことばかりで自分を顧《かえり》みないから。もっとあなたは、あなたの為《ため》にあなた自身を大事にすべきよ」

彼女の眦《まなじり》が、潤み始めていた。

「誰かを失うのが怖くて。でも、失いたくないがゆえに自分から遠ざけて、一人で突っ走って。それでも近くにいて守りたいだなんて。人間って、そんなに器用な生き物じゃないんだから」

だからこそ。

――あなたの側《そば》にいたいの。

雪音はそう願った。

素直にそれだけ言えば済むことだが、言葉が止まらなかった。

目を離した隙に消えてしまいそうな、少年を、その笑顔を。

運命の機械仕掛けが、孤独な未来に引き上げぬよう。言葉に言葉を重ね塗って、書き換えようのない文法に閉じ込め、世界から隠したくて仕方が無かった。

カコン、と鹿威《ししおど》しが鳴く。

蒼生が口を開いた。

「俺、怖かったんだ。姉《ねえ》さんを信じる心が、明日にも消えてしまいそうで。日々冷めていく自分がずっと怖かった……」

少年の瞳《ひとみ》に、悲愴《ひそう》な影は消えていた。

「でも、あの晩に姉さんのことを聞いて……希望が持てたんだ。姉さんはきっと、何か大事なことを俺達に託したんじゃないかって、そう……強く思えたんだ」

蒼生は幼馴染《おさななじ》みの少女を、正面に見据える。

「だから雪音。もう一度――こんな俺だけど、一緒についてきてくれないか？」

蒼生は言う。

「姉さんを、姉さんを信じてくれるお前のことも、守りたいと思うんだ」

迷いの無い笑顔が、そこにはあった。

「っば、ばか……」

雪音は口元を手で覆う。

強がろうと微笑《ほほえ》んだせいで、目尻に溜《た》め込んだものが、ぼろぼろと零《こぼ》れた。

朱美《あけみ》の無実の罪を晴らして、蒼生を救う夢。

それが、今やっと、蒼生の夢に重なった。

「当たり前でしょ。な、何を今更……」

「待たせて、ごめんな。もう二度と絶対、俺迷わないからさ」

「わたし…わたしっ……ずっと待ってた……五年もずっと待ってたのに……っ！」

「ごめんな、雪音《ゆきね》」

「蒼生《あおい》のばかぁ……ばカレンっ……！」

――ああ、きっと。

鼻腔《びこう》に疼《うず》く痛みに、蒼生は思った。

今更になって、自分が一人ではなかったことに気が付いた。

足元の過去に囚《とら》われて、一人で全てを抱え込んだ気になって。

側《そば》でずっと見守ってくれていた雪音の顔を。

こうして、しっかりと見据えることが。

出来ていたつもりで、まるで出来ていなかったと知った。

――女の子を泣かせる俺って、最低な男なんだろうな。

そう感じると、腕《うで》が勝手に雪音の体を抱き寄せていた。

驚きにビクついた華奢《きゃしゃ》な背を、明けない夜の色を抱えた黒髪ごと、離さぬよう。

そっと、唇を合わせた。

んっ、と。目を見開く雪音の肩から力が抜ける。

今は、これでいい。

少年も。少女も。そう感じていた。

言葉にだって、表せない言葉があってもいい。

感情の出口を塞いで、繋《つな》がった静寂を共有しながら。

大切な人に口づけをする意味が、お互いに、何となく分かった気がした。


「ん？」

同じ頃。袴姿《はかますがた》の女性を行く手に見て、犬は縁側に立ち止まった。

「ハッ、氷乃華《ひのはな》の二枚目を慕ってた美夜《ミヤ》の、妹分か」

「初めまして、ですね。第九師団では、冬冴《とうが》様と姉がお世話になりました」

琥珀《こはく》の瞳《ひとみ》を閉じて、朔夜《サクヤ》は腰を折る。

「姉に比べて、妹の方はお淑《しと》やかで礼儀正しいんだな」

「痛み入ります。此度《こたび》は、蒼生様とお嬢様を守っていただき、有難う御座いました」

「礼はいらねぇ。大したことはしてないしな。俺様はただ、口煩《うるさ》い前の主の我儘《わがまま》に応えてやっただけだ」

獣《けもの》は部屋へと足を踏み入れようとする。

袴の女性は人差し指を口に、それを制すと、

「御二方《おふたかた》は今、いい感じですので」

「チッ、真昼間からアツアツとは目出度《めでた》い奴《やつ》らだな。こっちが馬鹿々々しくなる」

「そう言わず。どうです、あの二人。どこか懐かしい面影が重なるのは、わたくしの気のせいでしょうかね？」

「重ならねえな。眼科にでもかかった方が良いぞ、ってああ。狐《きつね》の狐目は診察外か」

「我が主ながら。少女の涙というのは、いつの時代も感傷を誘うものですね」

「ケッ、女を泣かす男にロクな奴なんていねえぞ？」

獣《けもの》は背を向け、青空を見上げて呟《つぶや》く。

「──ま。女を泣かせたことの無い男の方が、それより遥《はる》かにロクでもねぇけどな」

「思い当たる節があるような口ぶりですね。過去に女性の涙を見たことがおありで？」

「ねぇな」

短く返して、獣は自嘲《じちょう》する。

──前の主を除けば、だが。

黄昏《たそがれ》には早い空の色。それでも、朱を待ち望む蒼《あお》を見ると。

獣の瞳《ひとみ》は、勝手にぼやけ始めた。

序章　―春告鳥の告白―

「サヤネ先生。病み上がりの生徒を肌寒い屋上に呼び出して、一体何なんですか？」

「おう蒼生、遅かったな。夕日を愛《め》でるのは嫌いか？」

「そんな風流な趣味をお持ちでしたっけ？」

「口の減らん奴だな。乙女の誘いには素直に乗っておくもんだ」

翌日。

蒼生《あおい》は〈大書庫《アルシーヴ》〉の屋上で、サヤネと言葉を交わしていた。

鷹飛《たかとび》亞理沙《ありさ》、〈大書庫〉の副館長は。

蒼生を呼び寄せるなりすぐに、頭をぎゅっと抱き寄せたのだった。

「辛い思いをさせたね……無事で、本当に良かった」

かつての教え子、その形見の背中を。

彼女は優しく包み込み、「おかえり」と言った。

「ただいま、アリサさん」

暖かさに涙を堪《こら》え、蒼生はそう言った。

「君を待っている女性がいるよ」

亞理沙《ありさ》はそう言って蒼生《あおい》を屋上へ送り出したのだった。

「具合はどうだ？」

サヤネが、口に煙をふかして問う。

「ぼちぼちです。それより先生、授業を放っておいていいんですか？」

「問題無い。これでも、生徒のお悩み相談には、親身に乗るタチでな」

「課題の量といい、課外授業といい、しつこさはゴキブリ並みですね」

「病み上がりにかこつけて、日ごろ溜《た》め込んだ愚痴を吐き散らすな」

「だったら先生も喫煙なんてやめましょうよ。体に悪いですよ」

「タバコが体に悪いんじゃない。タバコに合わない体が悪いんだ」

「どっかで聞いた台詞《せりふ》ですね、それ」

屋上には二人きり。

少年は教師と肩を並べ、鉄柵に依《よ》りかかった。

ツバメの群れが、西日に群れを成している。季節の変わり目が近いらしい。

「事の次第はほぼ全て、学院に報告させて貰《もら》ったぞ。悪く思うな」

「思ってませんよ」

かの晩に起きたことを、蒼生は全てサヤネに伝えた。因《ちな》みに、彼女の使い魔である鴉《からす》は、雪音《ゆきね》の呪文で図書室に縛り付けられていたらしい。彼女らしい強引なやり口だ、とサヤネは感心半分、呆《あき》れ半分に笑っていた。

「学院は、お前と雪音を特例措置で、聖語騎士《せいごきし》へと引っ張るつもりだ」

教師の台詞に、蒼生は敢《あ》えて無言を貫いた。

「あれだけの手柄を立ててのけたんだ。一介の最高学年《エクスワイア》が、敵を相手に見事なまでの立ち回りとあれば、学院が黙っているわけがない。わたしを恨むか？」

「いえ。先生が黙ってようと、学院に伝わるのは時間の問題ですから」

「それで、どうするんだ蒼生？」

改まってサヤネが問う。

「先生としての勧めはあるんですか？」

「無いことも無い。知っているだろうが、教師というのは無責任な連中だからな。わたしがお前に掛ける言葉は一つしかない。『自分の後悔しない道で頑張れ』だ」

「ほんと、無責任すぎますよそれ」

「励ましはしてるんだ。まあ、それで生徒が失敗して帰ってきてもこう返すだけだがな。『それがお前の選んだ人生だ』と」

「言葉遊びですか」

「世の中そんなものだ。ところで蒼生、世界で一番人を殺してきた言葉は何だと思う？」

「え、何なんです？」

「『仕事だから』だ」

サヤネは言った。

「そんな言葉に、どれほどの人間が殺されてきたと思う？　どれだけの人間が、その言葉を盾にとって、自分と他人をその手にかけてきたと思う？」

「割り切るのが大事って、先生もよく授業で口にするじゃないですか」

「仕事だと思えば、何も感じなくなるからな。割り切るというよりも、自分の思考を人質にとられる前に、進んで殺すんだ。すると殺しに慣れる。蠅《はえ》でも叩《たた》くように、生徒に鞭《むち》を振れるんだ」

「世知辛いですね。その言葉を、教え子への手向《たむ》けとして送るんですか？」

「と思ったのだがな。わたしは、教師面が性に合わん」

「じゃあ、先生ではない、先生としての言葉は何なんです？」

「負けるな、腐るな、何があっても生きつづけろ」

「それ、ただの命令ですよ」

「じゃあ、取って置きの殺し文句をつけてやる。『それがお前の仕事だ』」

サヤネは言う。

「わたしは、お前の姉がしたことを根に持っている。同期のわたしにとって、朱美《あけみ》と冬冴《とうが》は誇りなんだ。魔女だの、裏切りだの、そんな言葉は聞き飽きた」

彼女の表情はいつになく穏やかだった。

「朱美を生きたままわたしの元へ連れてこい。そして、彼女の無実と自分の正しさを証明してみせろ。その為《ため》には……」

「言葉を濁さなくても分かってますよ。姉《ねえ》さんを取り戻すには、姉さんと同じ道を行くしかない、ですね。仕事だと思うと気が重いですが、選択肢は無いでしょう」

「ならば、わたしからの課題にしといてやる。『とっとと姉の無実を示せ』」

「その方が気持ち的には楽ですね。期限はいつまでです？」

「『可能な限り早く』そして『必ず生きて』渡しに来い。何なら明日でも構わん」

「明日なんて言うのは鬼教師の証拠ですよ、先生」

サヤネの横顔は笑っていた。蒼生《あおい》もつられて口の端が上がった。

「織絵《オリエ》のことは、残念だった」

サヤネは、同僚の死を悼《いた》んだ。

「そのことなんですけど。俺、あの事件の前に、織絵先生から罰則課題を受けたんです」

「授業をすっぽかして、鷹飛先生《たかとびせんせい》の庭に閉じこもったからだろう？」

「とあの時は思ったんですが、違いました」

「何が言いたい？」

蒼生《あおい》はアルビオンを手に取って、宙に文字を書く。

「先生は、『ガルガンチュアとパンタグリュエル物語』って知ってますか?」

「悪いが、やんごとなきフランス文学になど興味はないのでな。掻《か》い摘んで話せ」

結論を促された少年の指先は、既に宙へと人名を書いていた。

――François Rabelais.

「フランソワ＝ラブレー、物語の作者です。織絵《オリエ》先生は、第一之書にあたる部分の筆写課題を出しました。その意味が、昨日、やっとわかったんです」

女性教師は無言のまま聞き入っている。

「物語の全編は、すべて彼の手によるものです。けれど、第一之書には、作者欄に別名義が書かれていて」

蒼生は、綴《つづ》った文字列に手を翳《かざ》し、並び替えた。

――Alcofribas Nasier

「アルコフリバス・ナジエ、これは作者の名前のアナグラム。織絵先生は暗に、アナグラムを使うよう俺に教えていたんです。そして、但《ただ》し書きにはこうありました」

――*Orie Stephen Uncross.*

読むときは *h muet* を忘れずに。

「アッシュ・ミュエ。つまり名前にHをつけてアナグラムにしろ、と?」

「察しが早いですね」

「で、どうなった？」

蒼生は教師の名にHを加え、手を翳す。

並び替えた文字には。

――THERE IS NO SUCH PERSON.

「雪音《ゆきね》ならすぐでも、俺の頭では辿《たど》り着《つ》くまでに半日かかりました」

「〈迂闊《うかつ》な福音〉か？　読める訳ないだろう。とっとと訳せ」

蒼生は口を開く。

「――『そんな人物は、存在しない』です」

教師の目が見開かれ、タバコが風に攫《さら》われた。

彼女は短く舌打ちする。

「成程な。織絵はただ、彼女の職務を全うしただけということか。ふざけた職場だな。生徒の品質保証には血眼《ちまなこ》なクセに、それを保証する教師の品質保証がおざなりとは、皮肉が効きすぎて、もはや面白くも何ともない」

蒼生は同意見だった。

偶然と片づけるには無理があった。〈迂闊な福音〉など、扱える人物は限られている。

「犯人はおそらく――学院上層部です」

蒼生《あおい》は手すりをぐっと握る。

「織絵《オリエ》先生は誰かに操られているようでした。アナグラムの宿題も、試験会場で足のつく台詞《せりふ》を口走ったのも、彼女の人格が必死に抵抗していたんじゃないかって。それにもっと早く気付いていれば、皆死なずに済んだ……救えたかもしれなかった」

悲痛な少年の頭を、教師は無言のまま後ろから乱暴に掴《つか》み、揺すった。

随分と長い時間、二人はそこに立っていた。

「俺そろそろ戻りますね」

蒼生は一礼すると、歩き出す。

サヤネは眼鏡《めがね》を外し、留めていた後ろ髪を下ろした。

風にさらわれたブロンドが、蒼生の目にくっきりと迫った。

「蒼生、これはわたしの愚痴であり独り言だ。他言するな」

彼女は呟《つぶや》く。

「――――カロリーナ＝マルヴァレフトは、わたしの、優秀な生徒だった」

背を向けた女性の横顔に、一筋の光が流れる。

「先生、そんなこと改まって言われなくても、俺が一番よく知ってますよ」

「黙れ、タバコが目に染みただけだ」

「ほどほどにしておいてくださいよ、先生」

蒼生は屋上のドアを、後ろ手に閉めた。
蒼生は雪音《ゆきね》と筑波山《つくばさん》に登った。
学院関係者の霊が眠りにつく山頂――〈揖夜雲居《イビヤノクモヒ》〉。
大理石に刻まれた戦没者碑の新しい段には、こう彫られていた。
――カロリーナ＝マルヴァレフト　享年17　称号：聖筆騎士《スクリーバ》
「そんな名前の学生なんて、名簿のどこにも載ってないってのに」
蒼生は花束を置きながら、誰にともなく呟いた。
――こんなわたしでも、聖語騎士《せいごきし》になれますか？
目の奥で少女の笑顔が眩《まぶ》しい。
「ほらな、リーナ。ちゃんとさ……ちゃんと……なれたじゃないか……」
死んで二階級特進。
最高学年《エクスワイア》、仮候補生、と飛ばしてギリギリだった。
春先の転校生が、今。
他人の名を借りて、遺体も残さず、よその国の土で眠りについている。
蒼生は大理石に刻まれた名前を殴りつけた。
涙が、止まらなかった。

そっと、背中から雪音《ゆきね》の温度《ぬくもり》が重ねられた。

筑波山《つくばさん》の麓《ふもと》、足早な秋の風に、少女を思わせる金の稲穂が無数に揺れる。

足下ばかり見ていた自分に、空の色を。

上を見て歩くことを教えてくれた、小さな瞳《ひとみ》に誓って。

姉の口から直接、五年前で止まっていた物語の続きを、いつか必ず聞くのだと。

少年は沈みゆく夕日を眺めながら、決意した。


蒼生《あおい》と雪音。

二人は晴れて、聖語騎士《せいごきし》の軍服に袖《そで》を通した。

学院のど真ん中に抱《いだ》かれた、通称〈誓いの間〉。

膝をついて、頭《こうべ》を垂れる二人の前方には。

五匹のフクロウ――――〈五賢人《グレゴリ》〉が、壇上で瞳孔を開いていた。

中央のアニマを介して、学院の理事長は告げる。

「蒼生＝カレン＝ブラッドフォード、氷乃華《ひのはな》雪音、両名を聖語騎士に任じます。今日より其方《そなた》らは、敵を討つ矛《ほこ》、民を守る盾となれ。本学院に、栄光と誉れのあらんことを」

フクロウの声は、自在に色を変え、使役主の情報を隠蔽していた。

大仰ながらに、文面は淡々と。

知恵の女神は、高らかに二人の未来を宣告した。

「すみませんが、理事長」

「神聖な儀式の最中《さなか》に、許可も無しに面《おもて》を上げ、口を利くとは何事ですか」

蒼生の非礼を、別のフクロウが窘《たしな》める。

しかし、中央のフクロウは寛容にも、

「いいでしょう、蒼生＝カレン＝ブラッドフォード。此度《こたび》の件は、其方らの手柄なくしては語れません。何か、聞きたいことでも？」

蒼生はフクロウを睨《にら》みながら、問う。

「今回の件に、本当に、学院は関与していないのですか？」

「無論です。大変痛ましく、嘆かわしい事件でした。聖語騎士は元より本校職員ともども、速やかに再発防止にあたるよう、こちらより通達しています」

「信じていいのですね？」

「信じる者は救われますよ、雪音。さて、他に質問はありますか？」

煮え切らない道化のようなフクロウに、蒼生は言う。

「もうひとつだけ」

「はて、何でしょう？」

「俺は以前あなたに――どこかでお会いしたことがありますか？」

特段の理由は無かった。

後になって振り返っても。

何故《なぜ》自分がそんな問いを投げ掛けたのかすら、蒼生《あおい》は忘却していた。

沈黙が、広間のせいか、長く感じられた。

「――いいえ、ありませんね。気のせいでしょう」

フクロウはそう言った。

その場は、それきりだった。


蒼生と雪音《ゆきね》は、ブラッドフォード邸のバルコニーに出ていた。

予想外に、それも望まぬ形で唐突に訪れた卒業。

それでも、二人の表情は晴れやかだった。

姉と兄が辿《たど》った道に、必ずや希望を見つけ出してみせる。

蒼生も雪音も、立ち止まる暇などなかった。

「さっきはどうしたの、蒼生？　最後にあんなこと聞いて」

「理由は無いんだけどな。何となく、そんな気がしたんだ」

蒼生は懐《ふところ》から、姉の遺《のこ》した日記帳を取り出した。

「それ、全然読めないわよね」

「ああ。これまでにも色々と試してきたんだけどな」

開く決心がつかず、引き出しに五年も仕舞《しま》い込んでいた蒼生だが。

日記の中身は、几帳面《きちようめん》な姉のものにしては随分と散らかっていた。

ラテン文字が、乱雑に煩雑に。

意味を成さない羅列で、延々と書き連ねられていたのだ。

「ナベリウスに頼んだら？　あのワンコなら、性格は悪いけど、案外こういうことには聡《さと》そうよね――キャッ!?」

噂《うわさ》をすれば影がさす。

獣《けもの》はその肝心な影を持たないので、代わりに鼻をさした。

背後から小突かれ、バルコニーから落ちそうになった雪音が悲鳴をあげる。

「性格悪くて悪かったな、俺様が聡いのは否定しないが」

「いきなり何してくれるのよ!?　落ちたら、危ないでしょ！」

取っ組み合う雪音と犬をよそに。

「蒼生様、少し見せて頂けますか？」

霊体化を解いた朔夜《サクヤ》が、手帳を眇《すが》めた。

「特に細工が施してあるようには思えませんが、これでは確かに読めませんね」

「どれ、俺様に貸してみろ」

獣《けもの》の口がひょいと日記を掠《かす》め取った、その時。

表紙の黒革が突如として発光し、燃え上がった。

「熱ッ!?」

犬が口から零《こぼ》すと、それは全身を焼かれ。

潰《つい》えた火の中に、焦げ目一つなく同じものを吐き出した。

「チッ、何のドッキリだシルヴィの奴《やつ》め。変なちょっかいばかりかけやがって!」

蒼生《あおい》と雪音《ゆきね》が顔を見合わせる。

「蒼生、もしかして……」

「ナベリウスの霊力が、本を開く鍵だったのか!」

一通り試した可能性の中に、その考えは無かった。

しかし考えてみれば、至って合理的な、姉らしい趣向のようにも思えた。

おそるおそる拾い上げ、表紙に触れる。

中身を開く蒼生の背後に、全員が首を揃《そろ》えて息を飲む。

捲《めく》った先を見て、蒼生と雪音はまたも見つめ合った。

「ねえ蒼生、これって」

「ああ。姉《ねえ》さんを追いかけるには、まだ時間がかかりそうだ」

どこからか飛んできたのだろう。

バルコニーの隅っこに、白い紙飛行機が一つ。

二人の背中を、そっと見守っていた。


同時刻――国内某所。

円卓を囲む、五つの人影がそこにはあった。

学院を影で統《す》べる、国の心臓部。

暗がりに隠れた部屋の中で、一人が口を開く。

「あの朱美《あけみ》と冬牙《とうが》の形見が揃ってとは。時の流れも粋な計らいをするものですね、理事長。眺めていると、微笑《ほほえ》ましくすら感じられました」

「その粋な計らいの為《ため》に、こっちがどんだけ骨を折ったと思ってるのかなぁ？　差し金のお人形を三人も仕立てる時間と労力を考えて欲しいよぉ」

口を尖《とが》らせる二人目に、先の人物が声をかける。

「――言葉には、人形にすら生き血を通わせる力がある。雪音ちゃんのその言葉を、カロリーナちゃんはどんな気持ちで聞いていたんでしょうね。よもや彼女が人形で、それを操っていた本物のカロリーナまでもが人形であったとは、理事長も人の悪いお方ですね。遙《はる》か冬の国からきた春告鳥《カロリーナ》が、どこまで自分の声で啼《な》いたのか――こちらは蒼生君達への宿題ということで。手抜かりはありませんね？」

そこへ三人目が口を開く。

「だそうだが。氷華《ひょうか》、君はどう思う？」

名指しに与《あずか》った女性は、黒髪を揺らして、

「手柄を与えて無理矢理《むりやり》卒業させる為《ため》とは言え。その低俗で喋喋《ちょうちょう》しい人形劇のおかげで、危うく蒼生《あおい》君とわたしの娘が死にかけたのですが？」

「でも、これでナベリウスはめでたく召喚された次第ですよ、氷華。こちらの目論《もくろ》み通りでしょう？　あの二人も無事聖語騎士《せいごきし》になりましたし、五年前の続きが楽しみですね」

四人目が、そう言うと。

窓の外から茜色《あかねいろ》が差し込み、黙していた理事長が光を浴びた。

「ともあれ。さっきの蒼生君には少々驚かされましたね、理事長。さしものあなたとて、動揺を隠せなかったのでは――」

氷乃華《ひのはな》氷華。

他ならぬ雪音《ゆきね》の母親は、茜色に照らされた最高権力者に声をかける。

「――そうですよね、シ、シ、シルヴィ？」

亜麻色髪の女性は首を傾《かし》げると。

蠱惑《こわく》の滲《にじ》む瞳《ひとみ》にそっと、唇の端を吊《つ》り上《あ》げてみせた。

あとがき

言われて傷つく言葉を言ってはいけないと言うけれど、誰もが誰をも傷つけない言葉選びをするセカイなんて、それはそれで誰もが傷つくのではと思ったり。世の中言わぬが花やら仏やら、けれどそれを言うは易《やす》しで行うはどうとか——言葉って難しいですね。

初めまして、春楡遥《はるにれはるか》です。

わたしはしないのですが、後書きから先に読むという方も結構多いようなので。ここから先は『ネタバレ注意』と、後が気になるあとがきで、前書きをしてみたり。

さて。『聖語の皇弟と魔剣の騎士姫』、本作のテーマはそのままズバリ『言葉』です。

ここ数年、〈炎上〉という言葉をあちこちで聞くようになりました。これが文字通りの意味なら、街中に消防車が溢《あふ》れ、地球温暖化もさぞやといった大惨事ですが、そんなことはなく。物理的に何かが燃えている意味でないのは、誰もが知るところ。

それでも、誰かの問題発言がＳＮＳなどで急激に広がる様は、やっぱり〈炎上〉と呼びたくなってしまう不思議。〈水没〉とか〈突風〉だと変な感じです。きっと、火が付いている、という感覚がイメージ的にも一番しっくり来るんでしょう。

思えばわたし達は、言葉を、ある種の物理現象として見るきらいがあるようで。泥仕合《どろじあい》に金切り声、水掛け論に風評・風説——と、おや。もうこれだけで、火・土・金・水・

風の五属性が揃《そろ》いました。リアルの世界でも、〈聖語〉はあるんですね。これ、火属性の〈炎上〉から順に回していくと、めでたく〈五連相生《クインタプレット》〉となりそうです。まあ、字面的に阿鼻叫喚《あびきょうかん》の地獄絵図というか、あまり褒められた物理現象ではなさそうですが。何のこっちゃ、という方はおそらく後書きから読まれているものと。

道具とは機能である。タイトルの思い出せない本に、そう書いてありました。曰《いわ》く、石ころは石ころであって、それ以上でもそれ以下でもない。積み上げて家を作る材料にするのも、或《ある》いは先を尖《とが》らせ誰かに投げつける凶器にするのも、人間が与えた一機能でしかない――とか、そうじゃないような、そんなようなお話。

わたし達の言葉も、道具である以上は凶器になります。炎上騒動はきっと、誰かのイフリートの仕業。現実を見ろと迫る親兄弟や先生は、さしずめナベリウス。どれも、上級位なので手強いです。禁忌呪詛《じゅそ》を使いまくる、心ない聖語騎士《せいごきし》様もちらほらと。

それでも、蒼生《あおい》君達の背中を押してくれた、誰かの言葉があるように。言葉は、使い方次第で誰かを救える魔法になる――そんな物語、楽しんで頂けましたら幸いです。

最後に、この場をお借りしてお礼を。

何度も相談に乗って頂いた、担当さん。そして、美麗なイラストで作中世界に華を添えてくれたHitenさん。ＭＦ文庫Ｊ編集部を始め、審査員の先生方、そして出版に携わって頂いた皆様に、心からの感謝を。

MF文庫J

聖語の皇弟と魔剣の騎士姫 ～蒼雪のクロニクル～ Ⅰ

2018年12月25日 初版第一刷発行

著者 春楡遥
発行者 三坂泰二
発行 株式会社KADOKAWA
〒102-8177 東京都千代田区富士見2-13-3
0570-002-001（ナビダイヤル）

印刷・製本 株式会社廣済堂

Printed in Japan ISBN 978-4-04-065386-0 C0193

この作品は、第14回MF文庫Jライトノベル新人賞〈優秀賞〉受賞作品「ウェルニッケの夢匣」を改稿・改題したものです。

【ファンレター、作品のご感想をお待ちしています】
〒102-0071 東京都千代田区富士見2-13-12
株式会社KADOKAWA　MF文庫J編集部気付「春楡遥先生」係　「Hiten先生」係